아홉 켤레의 구두로 남은 사내

아시아에서는 《바이링궐 에디션 한국 대표 소설》을 기획하여 한국의 우수한 문학을 주제별로 엄선해 국내외 독자들에게 소개합니다. 이 기획은 국내외 우수한 번역가들이 참여하여 원작의 품격을 최대한 살렸습니다. 문학을 통해 아시아의 정체성과 가치를 살피는 데 주력해 온 아시아는 한국인의 삶을 넓고 깊게 이해하는 데 이 기획이 기여하기를 기대합니다.

Asia Publishers presents some of the very best modern Korean literature to readers worldwide through its new Korean literature series 〈Bi-lingual Edition Modern Korean Literature〉. We are proud and happy to offer it in the most authoritative translation by renowned translators of Korean literature. We hope that this series helps to build solid bridges between citizens of the world and Koreans through a rich in-depth understanding of Korea.

바이링궐 에디션 한국 대표 소설 008

Bi-lingual Edition Modern Korean Literature 008

The Man Who Was Left as Nine Pairs of Shoes

윤흥길

아홉 켤레의 구두로 남은 사내

Yun Heung-gil

ASIA
PUBLISHERS

Contents

아홉 켤레의 구두로 남은 사내

The Man Who Was Left as Nine Pairs of Shoes

워낙 개시부터 기대했던 바와는 달리 어긋져 나갔다. 많이 무리를 해서 성남에다 집채를 장만한 후 다소나마 그 무리를 봉창해 볼 작정으로 셋방을 내놓기로 결정했을 때, 우리 내외는 세상에서 그 쌔고 쌘 집주인네 가운데서도 우리가 가장 질이 좋은 부류에 속할 것으로 자부하는 한편, 우리 집에 세 들게 되는 사람은 틀림없이 용꿈을 꾸었을 것으로 단정해 버렸고, 이와 같은 이유로 문간방 사람들도 최소한 우리만큼은 질이 좋기를 당연히 요구했던 것이다. 그런데 우리의 기대는 어쩐지 처음부터 자꾸만 빗나가는 느낌이었다. 특히 사복 차림으로 학교까지 찾아온 이 순경이 주민등록부에 우리의 동거인으로 기재되어

Right from the start things didn't work out the way we'd expected. We'd gone overboard buying a house in Sŏngnam and decided to rent out one of the rooms hoping to compensate for our excess. My wife and I were certain we'd be among the best of all landlords in the world, so certain we assumed that anyone becoming our tenant would feel like a dream had come true. And so we thought we were justified in demanding that our renters be at least as good as we were. Somehow, though, our expectations went awry, one after another. My own sense of betrayal reached a climax when Yi, a policeman whose rounds included my school, arrived there in

있는 안동 권 씨에 관해 얘길 꺼냈을 때 느낀 배반감은 절정에 달했다.

"……조금도 부담감 같은 걸 가질 필요는 없습니다. 매일매일 무슨 보고 형식을 취할 것을 의무적으로 요구하는 건 아니니까요. 약간 특별한 동태가 보일 때, 가령 멀리 여행을 떠나게 되었다든가 좀 이상한 손님이 찾아왔다든가 쌀이나 연탄이 떨어져서 굶는다든가 갑자기 많은 돈이 생겨서……."

부담감이란 것에 대해 이 순경은 매우 그릇된 견해를 가지고 있음이 분명했다. 적어도 내가 알기로 그것은 갖고 싶다고 가져지고 갖기 싫다고 안 가져지는 그런 임의의 선택물이 아니었다. 더구나 그것은 스스로 원해서 어떻게든 가져 보려고 안달할 정도의 그런 기호물은 절대 아니었다.

"나더러 이제부터 당신 밀대 노릇을 하라는 얘깁니까?"

"무슨 그런 거북한 말씀을!"

우리 학교 담당인 학사 출신의 이 순경은 한바탕 너털웃음을 한 다음 곧장 진지한 표정이 되었다. 그는 이렇게 말했다.

"오 선생님 앞에서 한 사람의 시민으로서의 의무를 강

his street clothes and looked me up. He started talking about our tenant, Kwŏn, whom he'd found listed in the ward register as a resident of our house.

"No need to feel obligated. I'm not asking for a daily report. Only when he does something out of the ordinary—if he goes away, if he has a visitor who looks suspicious, if he goes hungry because he's out of rice and coal, or if he starts flashing money around..."

It was clear to me that Yi's notion of obligation was off the mark. As far as I could tell, at least, it wasn't something we had a choice about. But to hear Yi talk, you'd think it was something people valued, to the point of fretting in order to obtain it.

"Are you telling me to be your informant?"

"What an embarrassing thing to say!" said Yi, who unlike most policemen was a college graduate. He gave a hearty guffaw, then straightaway got serious. "I didn't come here to harp on the duties of a citizen, Mr. O. I'm just asking you to be a good neighbor."

"So all I have to do is squeal to the authorities about Kwŏn's every move and I'm a good neighbor?"

"Sure," Yi replied, bursting into another guffaw. "But let's drop this talk about 'informants' and

조할 생각은 없습니다. 다만 친절한 이웃이 돼 주십사고 부탁드리는 겁니다.”

“권 씨의 동태를 일일이 사직 당국에 고자질해야만 권 씨의 친절한 이웃이 되는군요.”

“그렇다마다요.”

하고 말하면서 이 순경은 다시 너털웃음을 터뜨렸다.

“밀대니 고자질이니 하는 말은 우리 쏙 빼기로 합시다. 두고 보면 오 선생님도 알게 됩니다. 권 씨에 관계되는 한 그런 말들이 얼마나 적절치 못한 표현인가를 말입니다. 오 선생님한테 권 씨네가 지나치게 폐를 끼치는 건 아닙니까? 혹시 그 사람을 미워하는 건 아닙니까?”

“뭐 벌써부터 미워할 것까지야 있을까마는…….”

“쌀이 떨어졌는지 연탄이 떨어졌는지도 살펴보고 말입니다. 힘닿는 대로 그 사람을 도와주시기 바랍니다. 도무지 제가 표면에 나설 수가 없는 입장입니다. 물론 권 씨를 고용하는 기업주 쪽 탓도 있죠. 사찰 대상자를 즐겨 고용하는 기업은 없을 테니까요. 허지만 그것보다는 권 씨 자신이 큰 문젭니다. 자신이 법에 따라서 내사당하고 있다는 사실을 다른 누구보다도 유별나게 못 견디는 체질입니다. 내 전임 담당자 때는 여러 번 그런 일이 있었어요. 내

'squealing.' You'll understand by and by, Mr. O. You know, it's not very appropriate the way you express yourself about Kwŏn. Are he and his family getting on your nerves? Or maybe you don't like him?"

"There's nothing to dislike about him so far..."

"Okay, then, just check whether he's out of rice or coal, all right? And see what you can do to help him. I have to keep a low profile, otherwise I'd do it myself. Of course, if he's out of rice or coal we can always blame the people who won't hire him. But then what company would want to hire someone who's being investigated? The bigger problem is Kwŏn himself. He's the kind of person who simply can't put up with a legitimate undercover investigation. The fellow who was responsible for him before me found this out more than once. As soon as Kwŏn senses he's being investigated he gives up on everything—job, daily routine, even his wife and kids—and just lies around in his room. Doesn't eat for days at a time, turns into a booze hound, and sometimes he gets wild like an animal till he's about to go over the edge. Basically he's a decent, kindhearted fellow. I think you can understand what I'm saying. If you can help me do my duty

사당하고 있다는 걸 일단 눈치만 채고 나면 직장도, 생활도, 심지어 처자식까지도 다 포기해 버리는 성미죠. 숫제 드러누워서 며칠씩이나 굶고, 밥 대신 허구한 날 깡술만 들이켠다거나 짐승처럼 난폭해져가지고 발광 그 직전까지 갑니다. 그렇게 착하고 양순한 사람이 말입니다. 이제 제 말뜻을 이해하셨을 줄 믿습니다. 제 임무를 감쪽같이 수행할 수 있도록 저를 도와만 주신다면 오 선생님은 어김없는 친절한 이웃이 될 수 있습니다. 솔직히 말씀드려서 전 경찰관 입장을 떠나서 한 사람의 인간으로서 권 씨를 사랑합니다. 가능하다면 그를 돕고 싶은 심정입니다. 아마 불원간에 오 선생님도 그렇게 되고 말 겁니다. 부디 친절한 이웃이 돼 주십사고 다시 한번 간곡히 부탁드리는 바입니다."

내가 권 씨를 사랑하게 되다니, 생각만 해도 끔찍한 일이었다. 차라리 듬뿍 사례금을 얹어서 다른 누구로 하여금 나 대신 그를 사랑하도록 만드는 편이 훨씬 나았다. 애당초 우리 내외가 방을 내놓기로 결심하게 된 동기는 인정보다는 현금이 그리워서였다.

권 씨네가 우리 집 문간방으로 이사 오던 날은 그 풍경이 가관이다 못해 장관이었다. 마침 일요일이었다. 그래

without Kwŏn knowing about it, you can be a good neighbor—yes you can. Frankly, I have a lot of affection for Kwŏn—not as a policeman but as a human being. I'd like to help him as much as I can. I think you'll feel the same way before too long, Mr. O. So I'm asking you from the bottom of my heart—please be a good neighbor."

To have a lot of affection for Kwŏn—what an awful thought! I'd much rather pay someone a big fat reward to do it for me. From the very beginning our motive for renting out the spare room next to the gate was not human kindness; it was money.

The sight of Kwŏn and his family moving in was more than a spectacle—it was something splendid to behold. It was a Sunday and I was just getting around to the rare pleasure of a late breakfast when the doorbell rang. My wife went outside and opened the front gate and I could hear her cry of astonishment from where I was sitting in our family room. I went out to see what the commotion was all about and right away I understood. I was quite surprised myself. There stood a woman dripping with sweat, her chest heaving. On her head was a huge bundle that looked as heavy as she was. I caught a glimpse of a girl who was maybe nine or

서 모처럼 게으른 아침을 먹는 중인데 댕동 소리가 났다. 아내가 나가서 대문을 열어 보더니 무척이나 놀라는 기척이 안방에까지 들렸다. 무슨 일인가 하고 나가 보고 나서 나는 아내의 호들갑을 이해했다. 나 역시 어지간히 놀랐던 것이다. 웬 아낙네 하나가 자기 몸무게만큼은 나갈 커다란 보퉁이를 머리에 인 채 땀을 뻘뻘 흘리면서 숨이 턱에 닿아 있었다. 그리고 대문에서 약간 떨어진 곳에 아홉 살쯤 먹어 보이는 계집애 하나가, 다시 그 계집애로부터 몇 걸음 떨어져 세 살 가량의 사내애의 모습이 얼핏 보였다. 일가의 가장은 가파른 언덕길 저 아래에다 보퉁이를 내려놓은 채 숨을 돌리면서 마악 담배를 꺼내 무는 참이었다. 나를 보더니 사내는 일껏 입에 물었던 담배를 도로 호주머니에 쑤셔 넣은 다음 퍽이나 힘에 겨운 동작으로 보퉁이를 들어 어깨에 메는 것이었다. 그런 다음 짐 무게에 압도되어 중심을 못 잡고 이리저리 휩쓸리면서 근근이 언덕배기를 올라오고 있는 그 사내가 우리 집에 세 들기로 된 권 씨임이 틀림없다면, 그는 예정보다 나흘이나 앞당겨 사전에 주인인 우리의 양해도 구함이 없이 일방적이며 기습적으로 이사를 단행하는 셈이었다. 사내가 금방이라도 짐에 눌려 쓰러질 것만 같았으므로 나는 빼앗다시피

so standing a short distance from the gate and a much younger boy a couple of steps away from her. Their father was far down the steep hill that led to our house, another bundle at his feet. He was just about to have a smoke, but when he saw me he shoved the cigarette back in his pocket and heaved the bundle to his shoulders. Overpowered by the load, he had all he could do to stagger the rest of the way up the hill. If this was indeed Kwŏn, the man who was to rent one of our rooms, he was carrying out the move on his own, like a sneak attack, without asking our permission, and four days ahead of schedule. As he approached, it appeared he might collapse at any moment, so I snatched the bundle from him. It was much lighter than I thought. This humongous thing was in fact a loosely bundled quilt. His children stared up at me apprehensively. They were holding a bulging plastic bag between them, each with a strap in hand, enduring silently despite the considerable strain evident on their faces. My wife, still looking surprised, was sizing up Kwŏn's wife as if weighing her on a scale. She made no move to help lower the bundle from the other woman's head.

I noticed Kwŏn was short. I'm of average height

보퉁이를 받아들었다. 생각했던 것보다 짐은 아주 가벼웠다. 북더기만 요란했지 실은 느슨하게 묶어진 이불 보따리였다. 다소 겁을 먹은 눈으로 애들이 나를 깊숙이 올려다보고 있었다. 그 애들은 배가 불룩한 비닐 가방 따위를 양손에 나눠 든 채 무척 힘든 표정이면서도 잠자코 잘들 견디고 있었다. 아내는 아직도 놀라움이 가시지 않은 얼굴로 힘을 거들어 보퉁이를 받아 내릴 생심도 못 하면서 저울질하듯이 언제까지고 권 씨 부인을 위아래로 찬찬히 훑어보고 있었다. 권 씨는 키가 작았다. 보통 키 정도밖에 안 되는 나지만 그래도 권 씨에 비기면 거인이나 다름없었다. 슬리퍼를 걸치고 나온 내 발만을 유심히 들여다보면서 권 씨는 침묵을 지켰기 때문에 내가 먼저 입을 열지 않으면 안 되었다.

"이삿짐은 차로 옵니까?"

"아닙니다."

그는 피로에 지친 눈을 들어 자기 아내의 머리에서 시작하여 아이들 손을 거쳐 이제 방금 내가 대문간에 부려 놓은 보퉁이에 이르는 기다란 활을 그렸다.

"이게 전부 답니다."

멋쩍은 듯이 그는 어설프디 어설프게 웃었다. 보자기

but I felt like a giant in comparison. Kwŏn remained silent, staring attentively at my sandals, so I felt I had to speak first.

"Is there a truck coming with more?"

"No." He lifted his tired eyes and with his hand drew a long semicircle encompassing his wife's head, the bag the children still held, and the bundle I had just relieved him of and placed next to the gate. "That's all." He smiled awkwardly.

Things were sticking out every which way from his wife's bundle—kitchen utensils, I imagined. If Kwŏn wasn't joking, then these few household items—a rice pot, a laundry tub, and some bedding—were, finally, all that they were moving. It was pathetic, even for people who drifted from one rented room to the next. As I stood there amazed, the fellow quickly wiped the toe of one of his shoes against the bottom of the opposite trouser leg. He then wiped the other toe in the same furtive manner. As he looked down at his shiny dusted-off shoes his expression brightened like his footwear. His shoes looked practically new—a luxury item—and suitably shined. But they didn't match his limp summer shirt with its zigzag pattern, which was old-fashioned and too lightweight for the season. If my

바깥으로 비죽비죽 내민 것으로 보아 권 씨의 아내가 이고 온 짐은 취사도구일 것이었다. 그게 농담이 아니고 진담이었다면 결국 쌀을 익히고 빨래하고 그리고 깔고 덮는 데 쓰는 몇 점 세간이 이삿짐의 전부인 셈이었다. 아무리 셋방으로 나도는 살림이라지만 그쯤 되고 보면 해도 너무했다. 내가 어안이 벙벙해 있는 동안에 사내는 슬그머니 한쪽 발을 들더니 다른 쪽 다리 바지 자락에다 구두코를 쓰윽 문질렀다. 이어서 이번엔 발을 바꾸어 같은 동작을 반복했다. 먼지가 닦여 반짝반짝 광이 나는 구두를 내려다보면서 비로소 그는 자기 구두코만큼이나 해맑은 표정이 되었다. 아마 모르긴 몰라도 틀림없이 재고 정리 바겐세일 바람에 하나 주워 걸쳤을, 지그재그 무늬의, 때 이르고 유행 지난, 후줄근한 여름옷과는 영 안 어울리게 그의 구두는 제법 신품이었고 알맞게 길이 난 호사품이었다.

"아무래두 약속이 틀려요."

내외 둘만이 되었을 때 아내가 내 귀에 대고 속삭였다.

"먼젓번 살던 방을 오늘 꼭 비워야만 할 형편이었다잖아. 약속이 틀려도 별수 없지. 그리고 어차피 안 쓰는 방이니까 나흘쯤 앞당겨 들어왔대서 뭐……."

"그게 아녜요."

guess was right, he'd picked it up at a clearance sale.

"This wasn't part of the agreement," my wife whispered when we were once more by ourselves.

"So what do we do? Apparently they had to move today, right? And since we're not using the room, so what if they move in four days early?"

"That's not what I mean."

"Relax. They made a point of promising the rest of the deposit in a few days. They're decent people—I hardly think they'd play innocent and end up paying us only half the money."

"I felt the same way when they signed the rental agreement. But I still think they've got a lot of nerve. They know as well as anybody that two hundred thousand *wŏn* is quite a bit cheaper than the standard deposit. And yet they barge in early without permission and give us only a hundred thousand. The more I think about it, they're not to be trusted. If they can't keep their word on something basic like this, how can we expect them to honor any other agreements in the future? Since you're the one who told them it was okay, *you* get the rest of the money from them."

"Now wait a minute—you're the one who chose

"걱정 마. 수일 내로 마저 다 챙기겠다고 약속했어. 자기네도 사람인데 설마 절반만 내고 입 싹 씻진 않을 테지."

"계약금 받을 때만 해도 그렇게 안 봤는데 사람들이 여간 뻔뻔하지 않아요. 이십만 원이면 시세보다 훨씬 싸게 내놓은 줄 자기네도 눈이 있고 귀가 있으니까 잘 알 거예요. 그런데 단돈 십만 원만 쥐고 한마디 상의도 없이 불쑥 쳐들어오다니, 생각할수록 괘씸하다니까요. 그런 기본적인 약속마저 어기는 사람들이라면 이담엔 무슨 약속인들 못 어기겠어요. 당신이 그러라고 했으니까 나머지 전셋돈 받아내는 거 당신이 책임지세요."

"무슨 소리야? 기본적인 약속마저 안 지키는 그런 사람을 고른 건 바로 당신이잖아?"

"겉 다르고 속 다른 사람인 줄 누가 알았나요. 감쪽같이 속이려구 뎀비는 데야 도리 있어요? 인제 두구보세요. 우릴 속인 게 한 가지 더 드러날 거예요."

"건 또 무슨 뜻이지?"

"여자가 애를 가졌어요. 다 속여두 내 눈만은 못 속여요. 오륙 개월은 될 거예요. 어쩌면 육칠 개월인지두 몰라요. 접때까진 한복을 입어서 몰랐는데 오늘 보니 대뜸 알

these people who won't keep a 'basic' promise."

"How was I to know they'd turn out like this? What am I supposed to do when people put up a front and try to mislead us? And just you wait. They've got something else in store for us."

"And what's that?"

"She's pregnant. Maybe she can fool everyone else, but not me. She must be five or six months along, maybe even seven—who knows? I couldn't tell last time because she was wearing traditional clothing, but today I noticed right away."

"Pretty sharp, aren't you."

Already my wife was trying to act every stitch the landlady, just like the daughter-in-law who finally becomes the mother-in-law. She couldn't have forgotten the days when we had to roam around from one cramped room to another, but she certainly gave that appearance. She had gotten in the habit of talking about that period of our lives as if it were ancient history, and the present as if it were too good to be true. "What we had to go through to get this house!" she would say at the end of practically every sentence with a *tsk-tsk* for good measure.

Good point. We *had* gone through a hell of a lot to get this house, and I had every reason to expect

겠어요.”

“퍽도 일찍 알아차렸군.”

며느리 늙은 것이 시어미라던가, 아내는 어느새 집주인 행세를 쫀쫀히 하려 들었다. 우리가 셋방에서 셋방으로 전전하며 다리 오그리고 지내던 시절을 아내가 벌써 잊었을 리 없다. 그러나 아내는 벌써 깡그리 잊어 먹은 척 행동했다. 적어도 겉으로는 그랬다. 그리 오래지도 않은 과거를 얘기하면서 꿈만 같다는 말로 시간의 단위를 한없이 늘궈 잡는 버릇이 생겼으며, 말끝마다 “이게 어떻게 장만한 집인데……” 하면서 혀를 차곤 했다.

하긴 그렇다. 도대체 이게 어떻게 장만한 집인가. 나보다는 아내 쪽에서 대답할 때의 자세가 훨씬 당당해질 법한 물음이었다.

시청 뒷산 은행주택으로 이사 오기 전까지 우리는 단대리 시장 근처에서 살았다. 숨통을 죄듯이 다닥다닥 엉겨붙은 20평 균일의 천변 부락이었다. 집주인은 자칭 한의사였다. 간판도 없이 영업 행위를 하는데, 드문드문 찾아오는 환자들의 외모로 봐서 피부병이 전문인 듯했고, 그 효험이 매우 의심스러운 자가 조제의 연고만 팔아 가지고는 생활이 어려울 성싶었다. 자칭 한의사 김 씨의 낮 시간

my wife to feel a good deal prouder than me about its acquisition.

Before we moved to this house up behind Sŏngnam City Hall, we had lived near Tandaeri Market in a riverside settlement of tightly clustered, oppressive, twenty-*p'yŏng* lots. Our landlord there, Kim by name, fancied himself a doctor of Chinese medicine. He didn't display a sign, but from the looks of the occasional patient who visited, his specialty seemed to be skin diseases. He sold a homemade ointment of dubious efficacy but seemed hard put to make ends meet. This self-styled doctor of Chinese medicine spent most of his day taking naps. Then around sunset he started drinking. The liquor launched him on a spree that would usually continue past curfew and stir up the neighborhood till dawn.

And he was quite drunk the day we moved into his house. This was the first time we had met, and as we shook hands he greeted me in a raspy voice. The next thing I knew, he had put his arm around my shoulders and dragged me into his family room. I felt as if I were being kidnapped. Long into the night he bragged about how he had built this fifteen-*p'yŏng* tile-roofed house in the unbelievably

은 거의 낮잠이 일과였다. 그리고 해가 설핏할 무렵부터 마시기 시작하는 술이 통금을 예사로 넘겨 늘 새벽녘까지 동네가 들썩이도록 주사를 떨게 만들었다.

우리가 이사를 들던 날도 김 씨는 나우 취해 있었다. 그는 녹슨 기계처럼 톱니바퀴가 잘 물리지 않는 소리로 초면의 나에게 수인사를 청한 다음 곧장 내 겨드랑이를 끼더니 자기네 안방 아랫목까지 납치하다시피 나를 질질 끌고 갔다. 그는 내 아내가 문간방에서 듣기엔, 거의 협박조의 말투로 밤이 이슥할 때까지 자기가 현재 살고 있는 그 집을 불과 한 주일 동안에 지은 걸 자랑했으며, 역시 내 아내가 마당가 펌프 우물 곁을 애가 타서 서성거리며 듣기엔, 신음 혹은 비명을 지르다시피 "핵교 선상님 내외분을 문깐빵에다 뫼서서 즈이는 인자 아모 근심 걱정 업쇠다"라고 반가워했다. 마지막으로 그는 "집 안에 혹 옴이나 뾰루치나 등창, 아구창, 연주창 같은 걸루다 고생허시는 분 기시면 모다 저한테 맽겨 줍시오" 하는 말과 함께 나를 불안에 떠는 내 아내 곁으로 돌려보내 주는 것이었다.

이렇게 해서 집주인 김 씨와의 첫 대면은 무사히 지났다. 그러나 우리가 대지 20평, 건평 15평 세멘 블록 와가의, 김 씨 혼자 힘으로 꼬박 일주일 걸려 거짓말처럼 완공

short space of a week. His intimidating voice carried to my wife in the room next to the front gate, where we were to live. At one point, while my wife was doing some chores at the pump in the yard, she had heard Kim shout with glee, "Now that we have a teacher and his wife, there's nothing to worry about!" Finally he had told me, "If anyone in your family is suffering from scabies, pimples, an abscess on the back, cankers, or scrofula, you just let me take care of it." Then he released me to my uneasy wife.

And so my first meeting with Kim ended without incident. But I wondered why he felt he had nothing to worry about from then on just because he had rented us a room in one of the most jerry-built houses I had ever seen—for three thousand *wŏn* a month along with a thirty-thousand-*wŏn* deposit. It took me a while to understand that.

The very next day Kim started announcing throughout the neighborhood that his new tenants were none other than a teacher and his wife. (Think of it—a teacher and his wife!) There were comparatively few teachers in all of Sŏngnam, and one of these teachers was renting from him—that was what he said. On payday every month he would visit us

했다는 그 날림 중의 날림 집에 보증금 삼만 원, 월세 삼천 원으로 문간방 하나를 세 듦으로써 어째서 김 씨의 근심 걱정이 없어지는 건지는 여전히 의문이었다. 그 말뜻을 제대로 이해하기엔 다소 시일이 걸렸다.

당장 그 이튿날부터 김 씨는 자기네 문간방에 세 든 사람이 다른 누구도 아닌 선생 내외(그렇다, 선생 내외였다)라는 사실을 일삼아 동네방네 외고 다녔다. 성남시 전체를 통틀어 불과 얼마 안 되는 선생에 비해 집들은 부지기수인데 바로 그 선생 중의 하나가 자기 집에 사글세를 들었다는 것이었다. 그리고 그는 매월 봉급날 저녁만 되면 우리가 당연히 지불해야 할 제반 사용료 외에 금방 앉았다 일어나면서 갚는다는 조건으로 솔찮은 돈을 꾸어 가곤 했다. 봉급날뿐만 아니라 길거리에서건 집 안에서건 얼굴을 마주치기만 하면 번번이 손을 내밀어 여러 푼돈을 강탈하다시피 알겨 갔다. 누구보다 못할 노릇이기는 아내 쪽이었다. 김 씨가 나한테서 돈을 꾼 다음이면 꼭 그의 부인이 방을 건너와서 한나절씩이나 징징 울다 간다는 것이었다. 제 여편네 속곳마저 술로 바꾸어 마실 인간이라면서, 무슨 수로 받아 내려고 그렇게 덥석덥석 꾸어 준다냐고 원망이라는 것이었다.

to collect the rent and utility bill. Before leaving he would borrow a small amount, promising as he briskly departed to pay it back. But it wasn't just on my payday: whenever we met on the street or in the house he would stick out his hand and extort a few coins from me. My wife was in the most difficult situation of all. If Kim borrowed from me, his wife would never fail to come to our room and whine to my wife about it for the better part of the day. We would never get the money back, she would warn her. She would also scold me for lending so readily to her husband—the kind of guy, so she said, who would exchange his wife's underwear for booze.

It didn't take long for my wife to get fed up with being "the teacher's wife," though she'd found the title rather agreeable at first. Simply because she was the wife of a teacher, the neighbor women and their small fry didn't give her a moment's peace. Thanks to Kim's fervent crowing, we were treated as a species apart in this settlement of twenty-*p'yŏng* lots. The women glued themselves to our kitchen door to learn what kind of supper the teacher ate, and didn't hesitate to peek into our room at any hour to see what kind of makeup the teacher's wife

처음엔 제법 들척지근하게 받아들이던 '선생 부인'에 아내는 쉬이 넌덜머리를 내기 시작했다. 단순히 선생 부인이라는 그 이유만으로 이웃 아낙네와 조무래기들이 아내를 잠시도 마음 편히 거처하도록 내버려 두지 않았다. 단대리 시장 근처 20평 부락에서 우리는 완연한 별종의 인간으로 취급당했다. 김 씨가 열심히 나발 불어 준 덕분이었다. 선생네가 먹는 저녁 밥상 위에 무슨 반찬이 오르나를 확인하려고 아낙네들은 우리 부엌문 앞을 떠날 생각을 안 했고, 선생 마누라가 얼굴에 뭣뭣을 찍어 바르는지 구경하려고 별로 어려워하는 기색도 없이 불시에 방 안을 기웃거렸다. 그리고 선생 아들은 주로 무엇을 간식으로 먹나 보려고 때꾭재기 아이들이 눈을 화등잔만 하게 해가지고는 문간방 안팎을 연락부절로 오락가락했다. 심지어는 빨래만 해도 그랬다. 펌프 우물에서 아내가 옷가지를 내다 빨고 있을라치면, 동네 아낙들이 떼로 모여들어 합성 세제를 물에 풀었을 때 거품이 이는 그 초보적이고 너무 당연한 화학 작용을 무슨 요술이나 되는 듯이 신기한 눈으로 지켜보았다.

"아무래도 여길 떠야 할까 봐요."

보충수업까지 마치고 좀 늦게 퇴근한 나에게 어느 날

used. An endless swarm of ragamuffins gawked inside to see what snacks the teacher's son preferred. It was the same when my wife did the laundry. When she washed clothes next to the pump, the neighbor women flocked near and marveled at how the detergent foamed up in the water, as if this basic, mundane chemical reaction were some kind of magic.

One day I returned from school a bit late after teaching some supplementary classes. My wife greeted me with a serious expression.

"I think we're going to have to leave this area."

"Now what?"

"Nothing happened, it's just that I'm afraid of the people. They're out to cause trouble—I can see it in their eyes."

"Is it the junk dealer's wife?"

"Yes. She followed me to the market again."

This was the neighbor my wife feared the most. She and her husband lived across the alley in a hovel that was half canvas and half mud blocks. Whenever there was a racket in the alley I'd peek through our window and sure enough I'd find the woman involved in a big fight. Her antagonist was usually a neighbor, but sometimes it was her hus-

아내가 심각한 표정을 했다.

"왜 또 무슨 일이 있었어?"

"무슨 일이 있는 건 아니지만 어쩐지 이 바닥 사람들이 무서워요. 꼭 무슨 일을 저지를 것만 같은 눈빛들예요."

"고물 장수 여편네 얘긴가?"

"그래요. 오늘두 시장까지 뒤를 밟아 왔어요."

아내한테 가장 두려운 상대는 골목길 맞은편 천막 반 흙벽돌 반의 오두막에 사는 고물 장수 마누라였다. 골목이 시끄러워서 슬그머니 들창을 열고 내다보면 틀림없이 그 여자가 누군가를 상대로 대판 싸움을 벌이고 있었다. 대개는 동네 사람들하고서였고 더러는 자기 남편이거나 아니면 여섯 살배기 자기 아들과였다. 상대가 자기 식구건 동네 사람이건 어느 경우를 막론하고 여자의 입에서는 개와 도야지가 끊일 새 없었으며 이빨과 손톱을 동시에 사용하면서 웬만한 작두 푼수는 되는 어마어마한 고물 장수 가위로 인체의 어느 특정 부위를 싹둑 잘라 버리겠다고 말끝마다 씹어뱉곤 했다.

고물 장수 마누라가 내 가족에게 직접적인 위해를 가한 적은 아직 한 번도 없었다. 다만 궁둥이 근처에 대롱대롱 매달리게 딸애를 들쳐 업고 나와서는 일정한 거리를 두고

band or their little six-year-old son. No matter who it was, she would call out "Dog!" or "Swine!" over and over and threaten to slice off part of her opponent's anatomy with the junk dealer's shears, which were as big as a pair of fodder choppers—though all she really had at her disposal were her teeth and fingernails.

The junk dealer's woman hadn't physically harmed my wife or my son but had merely shot them piercing looks from a distance on the street, her daughter dangling from her back. That was enough to discourage my wife, though.

One Sunday afternoon my wife went out for groceries. She was back sooner than I expected. She flung off one of her rubber shoes next to the gate and the other next to the pump, then rushed inside huffing and puffing and made a big fuss of locking the door tight though it was the middle of a peaceful afternoon. Her shopping basket was empty, her face was deathly pale, her chest was heaving.

"The junk dealer's wife followed me the whole way," she panted, her feverish breath flooding my ears.

"And so?" I was taken aback but couldn't help chuckling.

내 가족을 잠자코 뚫어지게 쏘아볼 뿐이었다. 그러나 아내의 기를 팍 죽이기엔 그런 정도만으로도 충분했다.

어느 일요일 오후에 찬거리를 사겠다고 시장바구니를 들고 나갔던 아내가 예상보다 너무 빨리 돌아왔다. 아내는 고무신 한 짝을 대문간에, 그리고 나머지 한 짝은 펌프 옆에 아무렇게나 벗어 팽개치면서 헐레벌떡 뛰어 들어오더니만 멀쩡한 대낮인데 방문을 꼭꼭 걸어 닫는 법석을 떨었다. 바구니가 비어 있었다. 아내는 하얗게 질린 얼굴에 가슴마저 할딱거리고 있었다.

"고물 장수 여편네가 막 따라왔어요."

훅훅 단내가 치미는 입김을 아내가 내 귓전에 쏟았다.

"그래서?"

하도 어이가 없어 나는 웃을 수밖에 없었다.

"기분 나쁘게 빈정대지 말아요! 시장까지, 시장에서 집에까지 쫓아다녔다니깐요. 푸줏간에 들러서 돼지고길 살까 쇠고길 살까 생각하는 참인데 왠지 모르게 뒤쪽이 이상해서 얼핏 돌아다봤더니, 아 글쎄, 저만치에 여편네가 서 있질 않겠어요. 앨 둘러업구 그 우묵한 눈으로 뚫어지게 쏴 보는 거예요. 내가 집을 나설 때 분명히 골목 안쪽에 있었는데 어느새 예꺼정 뒤밟아 왔나 싶어서 갑자기

"Now don't you make fun of me! That woman chased me from here to the market and back again. I was at the butcher's trying to decide whether to buy pork or beef. I had this strange feeling, so I looked back, and would you believe it—there she was with the girl on her back, staring daggers at me with those sunken eyes of hers. I saw her in the alley when I left for the market, but it gives me the creeps to think she shadowed me all that way before I noticed it."

"Maybe she was thinking about buying some meat too after she saw you with your basket. There's no law that says a junk dealer's family has to eat left-over popcorn."

"Will you listen to me! The way she scowled I thought she was going to swallow me. My heart started pounding, and I couldn't for the life of me buy meat in front of her. So I left, but then she tracked me down at the fish shop. I was too frightened to buy anything there either, so I decided to go straight home. I looked back along the way, thinking I'd lost her, but she was still there. She kept her distance, but she was dogging me just the same. So, I started running—I couldn't help it. I looked back again and she was running too. She

섬뜩한 생각이 들더군요."

"당신 시장바구니 보고 생각난 김에 그 여자도 돼기고긴지 쇠고긴지 사고 싶었던 게지. 고물 장수라고 반드시 팔다 남은 강냉이튀밥이나 별식으로 먹으란 법은 없을 테니까."

"그게 아니래두요! 어찌나 가슴이 발랑거리던지 집어삼킬 것같이 노려보는 그 시선 앞에선 차마 고길 살 수가 없었어요. 그래 푸줏간을 그냥 나오고 말았죠. 생선전으로 들어서려니까 여편네가 또 소리 없이 뒤를 밟잖아요. 무서워서 아무것도 살 수가 없었어요. 곧장 집으로 종종걸음을 쳤지요. 이만하면 이젠 안 따라오겠지 하고 뒤를 돌아보니까 꼭 고만한 간격을 유지하면서 계속 따라붙어요. 그래서 마구 뛰었어요. 뛸 수밖에요. 뛰면서 뒤돌아봤더니 여편네두 같이 뛰어요. 애를 업었는데두 나보담 뜀질을 잘하는 것 같애요. 애가 놀래가지고 울어 보채는데두 대문 앞꺼정 이를 악물구 뒤쫓아왔어요."

나는 살그머니 일어나 들창을 연 다음 고개를 빼고 대문이 있는 골목 쪽을 살펴보았다. 고물 장수 마누라가 딸애를 궁둥이에 매단 채로 골목길 한복판에 버티고 서 있었다. 나하고 시선이 딱 마주쳤다. 여자는 내 눈을 피하지

looked like she was gaining on me, even with the kid on her back. The girl was fussing and crying, but the woman wouldn't give up—she chased me right to the gate."

I quietly rose, opened the window, stuck my head out, and looked past the gate. The woman had planted herself in the middle of the alley, her daughter hanging low on her back. Her eyes met mine squarely. She easily accepted the gaze of an unfamiliar man and seemed determined to engage in a staredown until I retreated. Bewildered, I jerked my head inside and shut the window.

"What on earth is it with her?" my wife pressed me.

"Maybe she wants to be friends with you."

"I wonder what she's thinking."

I couldn't help repeating myself: "Well, I'm not sure, but she probably wants to be friends with the teacher's wife."

"'The teacher's woman,' 'the teacher's wife,' 'Madam Teacher's Wife'—wherever I go that's all I hear. I'm sick and tired of it. Why did I have to end up being a teacher's wife!"

Hell! I was caught between a rock and a hard place. After we'd left our ancestral village her chron-

않았다. 오히려 한 외간 남자의 시선을 처억 하니 받아넘기면서 아무 때라도 이쪽에서 물러설 때까지는 눈싸움을 계속할 작정임이 분명했다. 나는 엉겁결에 내밀었던 고개를 잽싸게 수습한 다음 들창을 닫아 버렸다.

"도대체 이유가 뭐죠? 무슨 생각으로 그럴까요?"

아내가 나한테 따지는 기세로 물었다.

"아마 당신하고 친해지고 싶은 거겠지."

나는 이렇게 대꾸했다.

"모르긴 몰라도 선생 부인하고 친하게 지내고 싶어서 그럴 거야."

두 번째 때도 나는 이렇게 얘기할 수밖에 없었다.

"선생 마누라, 선생 부인, 선생 사모님…… 인젠 말만 들어두 신물이 나요. 어쩌다 내 꼴이 선생 부인이 되었는지! 오나가나 원!"

넨장맞을, 이건 뭐 얼어 죽고 데어 죽는 꼬락서니였다. 고향을 벗어나 타관살이를 하면서 한때 좀 잠잠해지는가 싶던 아내의 고질병이 어느새 또 도지려 하고 있었다. 그것은 또한 나 자신의 고질병이기도 했다. 아내가 선생한테 시집온 팔자를 그리 자랑스럽게 여기지 않는 이유는 전적으로 여학교 시절의 에델바이스 클럽 회원들 거개가

ic illness (which was also *my* illness) had settled down for a while, but now she was about to have a relapse. The one reason my wife wasn't so proud of having married a teacher was that most of the husbands of her Edelweiss Club friends from high school earned much more than a teacher did. My wife could never understand how girls with decidedly inferior grades and looks were able to snap up spouses with the "holy trinity" of qualifications—good family, good school, good job. It was as if they had cooked up some plot. And because she couldn't understand it, she couldn't forgive them. Her pride was periodically injured, not because of the discomforts and difficulties resulting from my meager salary, but because the Edelweiss members' eternal friendship with one another, ensured by their biennial meetings, was in her case mixed with pity.

It was the same with me. Meeting classmates who had gotten ahead at an early age, or who at least had high hopes for advancement in the near future, or who had already made their fortune, didn't sit well with me. I couldn't help feeling victimized at the thought of working as a teacher for thirty or forty years in the hope of becoming, at best, a vice-

선생보다는 훨씬 수입이 좋은 직업의 남자와 결혼한 데 있었다. 아내는 학교 때 성적이나 얼굴이 자기보다 훨씬 처지던 계집애들이 서로 음모라도 꾸민 것처럼 집안 좋고 학벌 좋고 직장 좋은, 이를테면 삼박자가 척척 맞는 배필로만 달카달카 물어 가는 그 점을 아무래도 이해할 수 없었고, 이해할 수 없기 때문에 용서할 수도 없었고, 박봉에서 오는 생활의 불편이나 어려움보다는 영원토록 변치 말자면서 지금도 일 년에 두 차례씩 만나는 에델바이스들의 동정 섞인 우정 때문에 정기적으로 자존심을 상하곤 했다.

나 역시 그랬다. 젊은 나이에 이미 출세했거나 적어도 멀잖은 장래에 출세할 조짐이 농후하거나 아니면 치부를 한 동창들을 접할 적마다 속이 뒤숭숭해서 견딜 수가 없었다. 기껏해야 교육위원회 장학사나 교감 교장인데, 그걸 바라고 삼사십 년씩 근속하기엔 너무 억울하다는 느낌을 어쩔 수가 없었다. 적어도 내게는 여러모로 미루어 많이 불공평한 세상에서 어쩌다 잘못 얻어 걸려 하는 직업이 바로 선생이었다.

그런데 그 선생을 대단하게 알고 별종으로 취급하는 사람들이 다른 한편에는 또 있는 것이다. 동그라미를 그릴 생각이었는데 네모가 되었대서 세모가 되지 않은 것만을

principal, principal, or commissioner of a local board of education. No matter how I looked at it, I felt it was my bad luck in this unjust world to have ended up as a teacher.

On the other hand, there were people who thought the world of teachers and treated them as special. So, my situation could have been worse, but this was no consolation. I had never acted like a big shot in front of the people of Tandaeri who considered me a great figure; nor had I responded in any way to their adulation.

Anyway, I gave my wife no hint of what Yi the policeman had told me about our man Kwŏn Ki-yong from Andong. I didn't tell her of Kwŏn's whereabouts during the six years between the births of his two children, Ŭn-gyŏng and Yŏng-gi. Whether I liked or disliked him, I had decided to keep it a secret. Kwŏn's family was already out of favor with my wife, and if she had known that Kwŏn was an ex-convict, she would have fainted on the spot. And if she had known that he had served several years in jail for disturbing the peace and even now was considered dangerous and monitored by the police, she wouldn't have lived with them a day longer under the same roof.

다행으로 여길 수는 없다. 나를 대단한 인물로 보아 주는 단대리 사람들 앞에서 나는 한 번도 큰기침을 한 적이 없음은 물론 그들을 쓰다듬어 주고 싶지도 않았다.

이 순경한테서 들은 안동 권 씨의 과거에 관해서 나는 아내에게 아무런 귀띔도 해 주지 않았다. 은경이와 영기 사이가 여섯 살이나 터울이 지기까지 그 아비 되는 권기용 씨가 어디서 뭘 했는지 나는 얘기하지 않았다. 권 씨가 싫고 좋은 걸 떠나 앞으로도 나는 계속 비밀을 지킬 작정이었다. 그렇잖아도 벌써 아내의 눈 밖에 난 사람들인데, 만약 권 씨가 전과자란 걸 알게 된다면 아내는 필경 까무러치고 말 것이었다. 더구나 다른 것도 아니고 사회의 안녕과 질서를 파괴했다는 죄로 여러 해를 복역하고 나와서는 시방도 경찰의 감시를 받고 있는 위험인물임을 알아차리게 된다면 단 하루도 한 지붕 밑에서 살지 않으려 할 것이었다.

아내 말마따나 권 씨네가 시초부터 어기고 들어온 약속 외에 전세 입주자로서 상식적으로 지켜야 할 제반 의무를 번번이 이행하지 않은 건 사실이었다. 하지만 그런 따위 자지레한 이유들로 당장 권 씨네를 쫓아낼 수는 없는 노릇이었다. 그들이 결정적인 실수를 범할 때까지 당분간은

As my wife had said, Kwŏn's family had performed none of their various obligations as tenants. And of course they had violated the rental agreement from the beginning. But I couldn't evict them then and there for such reasons. I decided to watch them for the time being, until they committed a critical mistake.

Before long my wife's hunch about Kwŏn's wife was confirmed. My wife finally extracted a confession: the woman was six months pregnant. And before I noticed it, my wife had begun counting our coal briquettes, which we stored under the terrace where we kept the soy crocks. She couldn't sleep at night unless she'd performed this operation morning and evening.

The biggest headache, though, was the children. Why couldn't they consider their parents' situation? Take our little Tong-jun, for example. Before, when we were moving from one rented room to the next, he had always found an opportunity to smack the landlady's child, which prevented us from speaking out as tenants. However, now it was he who was getting slapped around by Kwŏn's boy and girl. This not only aggravated us but put Kwŏn and his wife in a tight spot.

더 두고 보는 수밖에.

그리 오래지도 않아 아내의 짐작은 사실로 드러나기 시작했다. 마침내 아내는 권 씨 부인으로부터 임신 육 개월째라는 자백을 받기에 이르렀다. 아내한테는 어느덧 장독대 밑 광 속에 쌓인 연탄 수를 아침저녁으로 점검해야만 직성이 풀리는 버릇이 생겼다. 그리고 무엇보다도 아이들 문제가 항상 말썽이었다. 애들은 왜 제 부모의 입장 같은 걸 조금도 생각해 주지 않는 것일까. 우리 집 동준이 녀석만 해도 그랬다. 우리가 셋방으로 돌 적엔 녀석이 늘 주인집 아이를 때려 나나 아내가 행세를 못 하도록 만들곤 했다. 그랬는데 지금은 녀석이 권 씨의 오뉘로부터 늘 손찌검을 당함으로써 우리를 속상하게 만들고 또 권 씨 내외를 난처한 입장에 빠뜨리는 것이었다.

동준이가 마당에서 커다란 풍선을 가지고 뛰어놀고 있었다. 같이 놀고 싶어서 권 씨네 애들이 치근치근 따리를 붙이는 기색이었다. 아무리 따리를 붙여 봐도 반응이 없으니까 애들은 동준이를 한 대 쥐어박았는지 할퀴었는지 해서 울리고는 문간방에 들어가더니 제 어미를 조르는 눈치였다. 이때부터 아내는 벌써 속이 뒤집혀 있었다. 잠시 후에 동준이가 헐레벌떡 뛰어 들어와서는 떼를 쓰기 시작

One Sunday Tong-jun was running about in our yard with a big balloon. Kwŏn's kids were hanging around cajoling him to play with them. When in spite of their best efforts Tong-jun didn't respond, they made him cry by hitting him, or scratching him, or some such thing. That really made my wife's stomach churn. Then they went inside, probably to pester their mother. A few moments later Tong-jun came in panting and started to badger his mother, asking her out of the blue to buy him, right then, the same kind of balloon Kwŏn's children had. Finally, he led her by the hand out to the yard. My wife came back blushing, and now it was she who grabbed my hand tight and dragged me out to the yard. There I saw Kwŏn's children, happy as could be, with several balloons. I couldn't blame a tenant's children for having fun. The problem was, the balloons had the monstrous shape of huge cucumbers. I recognized them at a glance. Sure enough, they were condoms. I can't tell you how indignant my wife was. She told me that for the sake of our son's upbringing we couldn't overlook an incident this serious. Fortunately Kwŏn went to work on Sunday, so with a feeling of relief I entrusted this matter of the children's upbringing to my wife. She

했다. 들이당장 막무가내로 영기네 것하고 똑같은 풍선만 사 내라는 것이었다. 녀석은 기어코 제 어미의 손을 이끌고 마당으로 나갔다. 밖에 나갔던 아내가 얼굴이 벌게져 가지고 들어오더니만 이번엔 내 손을 답삭 움켜쥐고는 마당으로 끌고 나갔다. 나는 보았다. 권 씨네 애들이 손에 손에 여러 개의 풍선을 나눠 들고 마냥 희희낙락해 있었다. 셋방살이 아이들이 즐거워하는 걸 탓하고 싶지는 않았다. 다만 문제는 바로 그 풍선의 정체였다. 커다란 오이처럼 생긴 해괴한 모양의 풍선들이었다. 무엇이 재료로 쓰였는지 나는 한눈에 알아볼 수 있었다. 그것은 의심의 여지없는 콘돔이었다. 아내는 말할 수 없이 분개했다. 아이의 가정교육을 위해서 도저히 묵과할 수 없는 중대사라는 것이었다. 일요일이긴 하지만 다행히도 권 씨가 출근해서 집에 없는 줄 알기 때문에 나는 안심하고 애들 가정교육 문제를 아내에게 일임해 버렸다. 벼르고 별러 온 끝이라서 아내는 당장에 권 씨 부인에게 달려가 이성을 가진 어른으로서 품위를 지켜 줄 것을 강경히 요구했다.

참담한 고생 끝에 성남에서는 기중 고급 주택가로 알려진 시청 뒷산 은행주택을 산 다음 자그마치 100평 대지 위에 세운 슬라브집의 안주인으로서 아내가 전세 입주자에

had kept her eyes peeled for just this opportunity, and she instantly ran to Kwŏn's wife and insisted that she and her husband maintain the dignity one might expect of reasonable adults.

It was after some wretched hardships that we had taken out a bank loan and bought our Western-style house with its slab roof on an honest-to-goodness hundred-*p'yŏng* lot on the hill behind City Hall. Everyone knew this was the most desirable residential area in Sŏngnam. As the lady of such a house my wife was not that picky in the conditions she presented to prospective tenants. First, tenants must have no more than two children. Second, they must keep their peace. If they could meet these two conditions, my wife would not, for example, begrudge them the use of our appliances or limit the amount of water they could use for washing their blankets, and she would charge them a reasonable amount for the garbage, neighborhood night patrol, and other bills.

Now why must the tenants have no more than two children? Well, my wife had heard this ad nauseam as she followed an elderly real-estate agent around in search of a room. His words had struck home, and my wife believed that a respectable

게 내세운 조건은 그리 까다로운 게 아니었다. 첫째, 자녀가 둘 이하라야 한다. 둘째, 집 안에서는 언제나 정숙을 유지해야 한다. 이상 두 가지 조건만 지켜 준다면 여타의 일, 예컨대 전열기의 사용이나 담요의 물빨래 같은 것에 야박하게 굴지 않을 것이며 오물 수거료나 야경비 따위 제반 공과금 지불에 억울하지 않게시리 선처할 생각이었다. 자녀가 반드시 둘을 넘어서는 안 될 이유는 무엇인가. 아내가 복덕방 영감을 앞세우고 셋방을 구하러 다니면서 귀에 못이 박이도록 들어 온 소리였고, 때문에 그 소리가 가슴에 사무쳐서 아내는 변변한 집주인이라면 당연히 그런 조건은 내세우는 것이려니 믿고 있었다. 집 안에선 왜 정숙을 유지해야만 하는가. 그것은 돈을 못 버는 이유가 순전히 공부에 있고 공부는 평생을 계속해야만 하는 것으로 폼을 잡아 온 자칭 선비 남편을 의식한 조처였다. 아내는 꿈에 그리던 내 집을 장만했는데도 여전히 남의 식구를 둘 수밖에 없는 현실을 슬퍼했다. 하지만 그것은 남의 식구를 둠으로써 주인의 권리를 행사할 수 있는 기쁨을 다분히 염두에 둔 그런 슬픔임이 분명했다. 그리고 더욱 분명한 것은 20평 부락에 사는 사람과 100평 부락에 사는 사람과의 차이였다. 그것은 바로 20평의 마음과 100평의

landlady should insist on such a condition as a matter of course. And why did tenants have to keep their peace? My wife set forth this stipulation in order to provide a quiet environment for her "learned" husband (as I called myself), who had showed the world that material success was simply a matter of education and that education should be a lifelong process. She was saddened that we had to rent out a room even after realizing our dream of buying a house. At the same time, she was clearly quite pleased to exercise a landlady's rights over her tenants. Even clearer to her was the difference between the people who lived in a neighborhood of twenty-*p'yŏng* homes and the people who lived in a neighborhood of hundred-*p'yŏng* homes. In essence, this difference was the gap between a twenty-*p'yŏng* mind and a hundred-*p'yŏng* mind. Whenever she had an opportunity to talk about our new location behind City Hall she would emphasize that we lived in a house we had bought through the bank.

Early one morning I encountered Kwŏn polishing his shoes on the stoop of the room next to the gate. If he had simply been brushing them like anybody else, I might have taken no note of it. But he was

마음의 격차였던 것이다. 시청 뒤로 이사한 그 이후부터 아내에겐 누구하고 현주소에 관한 얘길 나누는 기회마다 언필칭 우리가 은행주택에 살고 있음을 힘주어 말하는 버릇이 생겼다.

이른 아침이었다. 문간방 툇마루에 앉아서 권 씨가 구두를 닦고 있었다. 누구나 그렇듯이 그가 솔로 먼지나 터는 정도의 일을 하고 있었다면 나는 그냥 지나쳤을지도 모른다. 바탕과 빛깔이 다르고 디자인이 다른 갖가지 구두를 대여섯 켤레나 툇마루에 늘어놓은 채 그는 털고 바르고 닦는 데 여념이 없었다.

"그거 팔 겁니까?"

아침 인사 겸 농담 삼아 나는 그에게 말을 걸었다.

"팔 거냐구요?"

갑자기 일손을 멈추더니 그는 내 발을 내려다보았다. 아니, 내가 신고 있는 구두를 유심히 쏘아보는 것이었다. 이윽고 내 바짓가랑이와 저고리 앞섶을 타고 꼬물꼬물 기어 올라오는 그의 시선이 마침내 내 시선과 맞부딪치면서 차갑게 빛났다. 그는 얼굴이 시뻘겋게 달아오르는가 싶더니 어느새 입가에 냉소를 머금고 있었다.

"어떻게 보고 하시는 말씀인지는 모르지만……."

absorbed in brushing and polishing half a dozen pairs of shoes—each a different material, color, and style, all lined up on the stoop.

"Are you having a sale?" I asked, half in greeting and half in jest.

"A sale?"

He stopped what he was doing and looked down at my feet. Or rather he gazed at my shoes. His eyes then crept up my pants to the front of my shirt, and when they met mine they had a cool gleam. His face glowed a vivid red, and suddenly a cold smile appeared.

"I gather you don't think very highly of me..."

"I guess that sounded rude. But I didn't mean anything... it's just that all those shoes... you have so many of them..."

But Kwŏn had clamped his mouth shut, clearly intending to deal with me no more, so I was left with nothing further to say. On his right he had gently deposited the shoe he had finished polishing, and now he picked up another shoe on his left, put it between his knees, and carefully began removing the mud between the rubber sole and the leather upper with an old toothbrush. In this way he deprived me of any opportunity to apologize. Even

"제가 이거 실례했나 봅니다. 달리 무슨 뜻이 있어서가 아니고…… 다만 구두가 하두 여러 켤레라서…… 전 그저 많다는 의미루다……."

입을 꾹 다물고는 권 씨가 더 이상 나를 상대하지 않으려는 의사를 분명히 했으므로 내겐 아무 할 말이 없어져 버렸다. 그는 손질을 마친 구두를 자기 오른편에 얌전히 모시고는 왼편에서 다른 구두를 집어 무릎 새에 끼더니만 헌 칫솔로 마치 양치질하듯 신중하게 고무창과 가죽 틈에 묻은 흙고물을 제거하기 시작함으로써 내게서 사과할 기회를 아주 앗아가 버렸다. 나는 주번 교사를 맡아 다른 날보다 일찍 출근하려던 것도 까맣게 잊은 채로 권 씨 앞에서 오래 뭉그적거렸다. 그러나 권 씨를 향한 그 찜찜한 마음 덕분에 비로소 권 씨를 자세히 관찰할 기회를 얻었다. 여러 날 함께 살면서도 피차 밖으로 나돌며 빡빡하게 지내다 보니 이사 오던 그날 이후로 변변히 대면조차 할 기회가 없었던 것이다.

보아하니 권 씨의 구두 닦기 실력은 보통에서 훨씬 벗어나 있었다. 사용하는 도구들도 전문 직업인 못잖이 구색을 맞춰 일습을 갖추고 있었다. 그리고 무릎 위엔 앞치마 대용으로 헌 내의를 펼쳐 단벌 외출복의 오손에 대비

so, I dawdled there for some time, having completely forgotten that as duty teacher for the week I was supposed to go to school earlier than usual. So this embarrassing situation gave me my first opportunity to observe Kwŏn close up. Although he had been my tenant for several days by now, I hadn't really been able to see him face to face, because we were both gone during the day and didn't have much free time.

Kwŏn was as well equipped as a shoe-shine boy and he polished shoes as if he had done it all his life. In place of an apron he had spread an old pair of underwear over his lap to protect his only suit. After brushing every speck of mud and dust from the shoe, he smeared polish on a scrap of cloth wound around his fingers and applied it with a circular motion while spitting on the shoe. An even coat of polish followed by light brushing produced a passable shine, and then he polished the shoe to a final luster with a piece of velvet. The result looked terrific to me, but Kwŏn was not satisfied and repeated the process. He sweated as if this were a labor worthy of Hercules. He panted. He spat. And what he spat was not merely saliva but a sticky secretion flowing from a possessed mind—

하고 있었다. 흙과 먼지를 죄 털어 낸 다음 그는 손가락에 감긴 헝겊에 약을 묻혀 퉤퉤 침을 뱉어 가며 칠했다. 비잉 둘러 가며 구두 전체에 약을 한 벌 올리고 나서 가볍게 솔질을 가하여 웬만큼 윤이 나자 이번엔 우단 조각으로 싹싹 문질러 결정적으로 광을 내었다. 내 보기엔 그런 정도만으로도 훌륭한 것 같은데 권 씨는 거기에 만족하지 않고 계속해서 같은 동작을 반복했다. 그만한 일에도 무척 힘이 드는지 권 씨는 땀을 흘렸다. 숨을 헉헉거렸다. 침을 퉤퉤 뱉었다. 실상 그것은 침이 아니었다. 구두를 구두 아닌 무엇으로, 구두 이상의 다른 어떤 것으로, 다시 말해서 인간이 발에다 꿰차는 물건이 아니라, 얼굴 같은 데를 장식하는 것으로 바꿔 놓으려는 엉뚱한 의지의 소산이면서 동시에 신들린 마음에서 솟는 끈끈한 분비물이었다. 권 씨의 손이 방추처럼 기민하게 좌우로 쉴 새 없이 움직이고 있었다. 마침내 도금을 올린 금속제인 양 구두가 번쩍번쩍 빛이 나게 되자 권 씨의 시선이 내 발을 거쳐 얼굴로 올라왔다. 그는 활짝 웃고 있었다. 그의 눈이 자기 구두코만큼이나 요란하게 빛을 뿜었다. 사실 그의 이목구비 가운데 가장 높이 사 줄 만한 데가 바로 그 눈이었다. 그는 조로한 편이었다. 피부는 거칠고 수염은 듬성듬성하고 주

the product of a wild-eyed will to make something more of this shoe, to transform it from something people wore on their feet to a kind of makeup. His hands moved round and round, smartly and ceaselessly, like spindles. Finally the shoe gleamed like gilded metal, and his gaze moved to my feet and then up to my face. He smiled broadly, his eyes as dazzling as the shiny toe of his shoe. Those eyes, in fact, were his best feature. Kwŏn looked prematurely old. His skin was rough and wrinkled, his beard sparse. He had a protruding forehead and high cheekbones, and his bushy eyebrows almost met. His abnormally broad nose was crooked like a journeyman boxer's, and his lips were as thick as those of Mr. Slice (a fellow teacher so nicknamed by the students because a slice of one of his lips would practically have filled a plate). Kwŏn was saved by one feature alone—those large, attractive eyes. Clear and delicate, they showed no trace of viciousness or violence.

Yi the policeman visited me at school again. He said he was just dropping by, but it didn't sound that way from his tone of voice. Right off the bat he started scolding me.

"This won't do. It just won't."

름이 많았다. 이마가 나오고 광대뼈가 솟은 편이며 짙은 눈썹에 유난히 미간이 좁은 데다가 기형적으로 덜렁한 코가 신통찮은 권투 선수의 그것처럼 중동이 휘었고, 입은 내가 근무하는 학교의 '썰면' 선생과 맞먹을 만했다(입술이 하 두툼해 썰면 한 접시는 되겠대서 학생들이 붙인 별명이었다). 오직 눈 하나로 그는 구제받고 있었다. 보기 좋게 큰 눈이 사악하다거나 난폭한 구석은 전혀 찾아볼 수 없게 맑고 섬세했다.

이 순경이 또 찾아왔다. 지나는 길에 잠깐 들렀다지만 반드시 그런 것 같지만도 않은 것이, 대뜸 책망 비슷한 투로 나왔다.

"그러면 못써요, 못써."

"뭐 보고드릴 게 있어야 전화라도 걸든지 하죠."

"보고도 아니고 협조겠죠. 그건 그렇고, 협조할 만한 게 없었다구요?"

"전혀!"

"이거 보세요, 오 선생. 권 씨가 닷새 전에 직장을 그만뒀는데두요?"

"직장을 그만두다니, 그럼 또 실직했다는 얘깁니까?"

"출판살 때려치웠어요. 전번하곤 사정이 좀 달라요. 책

"Well, if I had something to report I would have called you or something."

"Let's call it cooperation rather than reporting. Anyway, you say there's nothing to cooperate with me about so far?"

"Not a thing!"

"Now look, Mr. O—Kwŏn quit his job five days ago. How does that grab you?"

"He quit? So he's out of work again?"

"That's right. He ditched his job with the publishing company. And this time the circumstances are a bit different. Instead of yielding to the authors and doing what they requested, he kept trying to correct them and kept pointing out their mistakes. So the president of the company called him on the carpet in front of everyone and warned him: 'Who do you think you are? How dare you challenge these distinguished authors!' He hasn't shown up for work since."

"He looked like he was leaving for work as usual this morning... yesterday, too..."

"Now you know why I asked you to keep an eye on him?"

"But if you can just sit at your desk and see everything with your X-ray vision, why do I have to go

을 만드는 데 저자들 요구대로 고분고분 따르는 게 아니라 틀린 걸 지적하고 저잘 자꾸만 가르치려 드니깐 사장이 불러다가 만좌중에 주의를 주었대요. 네가 저자냐고, 네가 뭔데 감히 고명하신 저자님 앞에서 대거리질이냐고 말이죠. 그랬더니 그담 날부터 출근을 않더라나요."

"오늘 아침만 해도 정상적으로 출근하는 것 같았는데…… 어제도 그랬고……."

"그러니까 주의 깊게 잘 좀 살펴봐 달라는 거 아닙니까."

"이 순경이 그렇게 앉아서 구만 린데 내가 구태여 협조할 필요가 있을까요?"

그러자 학사 출신 이 순경이 빙긋 웃었다.

"권 씨가 드디어 실직했다는 그 점이 중요합니다. 이제부터 슬슬 오 선생이 맡아야 할 역할이 무엇인지 분명해질 성부릅니다. 권 씨가 다시 다른 직장을 붙잡을 때까진 저나 오 선생이나 맘을 놔선 안 됩니다."

내가 꼭 권 씨를 감시하고 보호해야 할 이유가 없음을 주장하기에 나는 벌써 지쳐 있었다. 죄가 있다면 셋방을 잘못 내 준 죄밖에 없는 줄 누구보다도 이 순경이 잘 알고 있기 때문이었다. 이런저런 이야기 끝에 화제가 다시 권

out of my way to cooperate with you?"

Yi gave me a knowing smile. "It's significant that Kwŏn is unemployed again. I think from now on you'll begin to see what your responsibility is. The two of us shouldn't rest easy until he finds a job."

I was tired of insisting that I had no reason to oversee and protect Kwŏn. If I had done something wrong, it was only to rent a room to his family, and Yi understood that as well as anybody. After talking about this and that we returned to the topic of Kwŏn.

"Was Kwŏn one of the people who cooked up that incident back then?"

"I don't know the details—it happened before I joined the force. But it's clear he wasn't so much the brains behind it as one of the instigators. The evidence he left us couldn't have been much clearer. We have photos of people turning police jeeps upside down and burning them, photos of people throwing rocks, photos of people commandeering a bus and tooling around with it, and Kwŏn was right in the middle of it all."

"That's hard to believe. Are you telling me that someone who can't even carry a bundled quilt spearheaded a riot!?"

씨에 미쳤다.

"사건 당시 권 씨는 주모자급이었습니까?"

"제가 경찰관이 되기 전 일이니까 자세한 건 몰라요. 하지만 권 씨가 주모자라기보다 주동자였던 것만은 분명합니다. 거의 완벽할 만큼 증거를 남겼으니까요. 경찰 백차를 뒤엎고 불을 지르고 투석을 하고 시내버스를 탈취해가지고 시가를 질주하는 사람들 사진 속에서 권 씨는 항상 선두를 서고 있었습니다."

"도무지 믿을 수가 없군요. 이불 보따리 하나 제대로 못 메는 사람이 그런 엄청난 일에 선봉을 서다니!"

"하지만 일단 실직만 했다 하면 굶기를 밥 먹듯 한다는 사실만은 믿어도 좋습니다."

"굶지 않을 능력이 있으면서도 굶는 사람은 아마 굶어도 배고프지 않을 겁니다."

"오 선생님, 너무 그렇게 뻣뻣한 척 마십쇼. 접때두 내 얘기했잖아요, 틀림없이 오 선생도 권 씰 사랑하게 될 거라구요."

누가 누구를 사랑한다는 일이 얼마나 어렵고 피곤한 것인가를 전혀 모르는 사람처럼 이 순경은 자신만만하게 웃으면서 갔다. 사랑 중에서도 특히 근린애를 주머니 속에

"Well, as soon as he's out of work he skips a meal as often as he eats. You can believe that, can't you?"

"But he can still support himself. What's the big deal if he skips a meal? Maybe he's not hungry."

"My dear teacher, please don't pretend to be so coldhearted. Like I told you last time, I'm sure you'll end up loving him too."

As if Yi had no idea what a chore it was to love someone, he laughed confidently and then left. He seemed to think that loving your neighbor was as simple as taking coins from your pocket. For some time now a somber voice had been echoing in my mind when I was alone: "Love your neighbor, love the people of Tandaeri, love the people with the twenty-*p'yŏng* lots..."

It was right after the incident I'm about to describe—an incident that truly shocked me—that I'd decided to leave Tandaeri. I was on my way home from work and not far from where we lived I saw a boisterous group of children playing next to the sewer ditch. Our little Tong-jun was among them. I proudly watched him from a distance, marveling that he was grown up enough to pal around with the neighborhood kids. His face looked unusually pale, perhaps because the other faces were so

든 동전이라도 꺼내듯이 그렇게 손쉬운 것인 줄 아는 모양이었다. 나 역시 한동안은 혼자 있을 때 공중으로부터 울리는 무거운 음성을 들은 적이 있었다. 네 이웃을 사랑하라, 단대리 사람을 사랑하라, 20평 부락 주민을 사랑하라…….

내가 단대리를 떠나기로 결심한 것은 그 사건이 있은 직후였다. 맞다. 그것은 분명히 내게 있어서 하나의 충격적인 사건이었다.

퇴근해서 집으로 돌아가는 길이었다. 집 근처에 이르러 나는 한 떼의 아이들이 천변에서 놀고 있는 걸 보았다. 왁자하게 떠드는 조무래기들 틈에 동준이 녀석도 끼여 있었다. 녀석이 어느새 저렇게 커서 이웃에 친구까지 사귀었나 싶어 나는 먼발치에서 대견스럽게 지켜보았다. 내 아이만 유난히 얼굴이 희었다. 다른 애들이 지나치게 까만 탓인지도 모른다. 특히 그중에서도 고물 장수 아들은 방금 굴뚝 속에서 기어 나온 꼴이었다. 동준이가 고물 장수의 아들에게 뭐라고 소리쳤다. 그러자 깜장이 그 아이가 땅바닥에 양팔을 짚고 개구리처럼 폴짝폴짝 뛰기 시작했다. 동준이가 그 애 앞에다 뭘 던졌다. 그러고 보니 동준이 녀석은 쿠킨지 뭔지 하는 과자 상자를 가슴에 끌어안

dark. The junk dealer's boy, in particular, looked like he had just crawled out of a chimney. Tong-jun shouted something to this sooty-faced boy, who responded by dropping to all fours, as if in starting blocks, and then hopping like a frog. Tong-jun threw something in front of him, and then I noticed that this little rascal of mine was holding a box of cookies or some such thing tight against his chest. The junk dealer's boy picked up the cookie from the ground with his mouth and crunched into it without attempting to get rid of the dirt. When he had finished it he grinned, displaying his white teeth, and resumed his position in the starting blocks. Tong-jun again shouted something to him. This time Sootface propped himself off the ground on one arm, took hold of his nose with the other hand, and started turning in circles. But after a few vigorous revolutions he fell on his face. He got up, spun some more, then collapsed again. It looked as though he would fill Tong-jun's order, no matter how many trials it took. I couldn't keep track of the number of revolutions, but after the boy was finished he was too dizzy to stand up straight. Next, Tong-jun spat on a cookie and threw it on the ground. Then he tried to persuade the other kids to

고 있었다. 고물 장수 아들이 땅에 떨어진 과자를 입으로 물어 올리더니 흙도 안 털고는 그대로 아삭아삭 씹어 먹었다. 먹는 일이 끝나자 고물 장수 아들은 하얗게 이빨을 드러내며 웃고는 다시 스타팅 블록에 들어선 것 같은 자세를 취했다. 동준이가 뭐라고 또 소리쳤다. 깜장이가 이번엔 한쪽 팔로 땅을 짚고 그 팔과 가슴 사이로 다른 팔을 넣어 꺾어 올려서 코를 틀어쥔 다음 열나게 뺑뺑이를 돌기 시작했다. 그 애는 대여섯 바퀴도 못 돌아 픽 꼬꾸라졌다. 일어나서 다시 돌다가는 또 꼬꾸라졌다. 몇 차례고 반복해서 기어코 지시받은 횟수를 다 채우는 모양이었다. 몇 바퀴나 돌았는지 아이는 다 돌고 나서도 어지러워서 바로 서지를 못했다. 동준이가 과자에다 침을 퉤 뱉어서 땅바닥에 던졌다. 동준이는 삐잉 둘러서서 구경하는 다른 애들한테도 똑같은 방식으로 놀이에 가담할 것을 종용하는 눈치였으나 갈수록 가혹해지는 녀석의 요구 조건에 기가 질려 엄두를 못 내고 군침만 삼키는 듯했다. 동준이가 과자를 쥔 오른팔을 높이 올려 개울 쪽을 겨냥하고 힘껏 팔매질을 했다. 그러자 조금의 주저도 없이 고물 장수 아들이 석축을 타고 제방 아래로 뽀르르 달려 내려갔다. 나는 그 개울에 관해서 일찍부터 잘 알고 있었다. 그것은 공

join in. But they merely looked on in a circle with their mouths watering. Perhaps they were dispirited at Tong-jun's demands, which had become more and more severe. Tong-jun now held up a cookie and threw it as hard as he could toward the stream that ran in the ditch. With no hesitation, the junk dealer's boy slid down a cement pillar to the edge of the stream. I had known about this stream for a long time. Factory wastes and sewage from houses collected there and were carried to a larger stream that fed into the Han River.

This was all I observed. Who knows how long the game had been going on? I went to Tong-jun, snatched the box of cookies from him and threw it into the stream, then slapped the little rascal silly. I also wanted to give the junk dealer's son a sound thrashing, but my efforts were directed toward my own little good-for-nothing instead. After I had slapped him several times it occurred to me to look back, and there was the junk dealer's son chasing the box of cookies helter-skelter down the turbid stream.

That night, after shouting at my wife that we had to get out of this awful neighborhood, I couldn't sleep at all. As I tossed and turned, smoking one

장에서 흘러나오는 폐수와 집집마다 버리는 오물을 한데 모아 탄천으로 실어 나르는 거대한 하수도였다.

내가 뒷전에 서서 구경하기 전에는 그와 같은 놀이가 얼마나 길었는지 모른다. 그러나 내가 목격한 것은 그것이 전부였다. 나는 동준이 녀석으로부터 과자 상자를 빼앗아 개울 속에 집어던졌다. 그리고는 녀석의 따귀를 마구 갈겼다. 마음 같아서는 고물 장수 아들을 흠씬 두들겨 주고 싶었는데 손이 자꾸만 내 자식 놈 쪽으로 빗나갔다. 동준이 녀석을 한참 때리다가 퍼뜩 생각이 미쳐 뒤를 돌아다보니 고물 장수 아들은 칙칙한 개울물을 따라 천방지축 과자 상자를 쫓아가는 중이었다.

무슨 수를 써서든 이놈의 단대리를 빠져나가자고 아내에게 소리치던 그날 밤엔 영 잠이 오질 않았다. 줄담배질로 밤늦도록 이리 뒤척 저리 뒤척 하면서 내가 생각한 것은 찰스 램과 찰스 디킨스였다. 나하고는 전혀 인연이 안 닿는 땅에서 동떨어진 시대를 살았던 두 사람이 갈마들이로 나를 깨어 있도록 강제하는 것이었다.

똑같은 이름을 가진 점 말고도 그들 두 사람은 공통점이 많은 것으로 알려져 있다. 우선 불우한 유년 시절을 보낸 점이 그렇고, 문학 작품을 통해서 빈민가의 사람들에

cigarette after another, I thought about Charles Lamb and Charles Dickens. These two, who had lived in a distant age and in a land that held no special interest for me, took turns keeping me awake.

These two men were known to have had several things in common besides their first name. Both had an unhappy childhood, and sympathy and compassion for slum dwellers seemed to flow from their literary works. But their personalities in real life were as different as night and day, so it was said—as different as their last names. Lamb remained single, looking after his schizophrenic sister, who had killed their mother. His life was consistent with his writing. Dickens was self-educated and had worked in a boot-polish factory as a youth. But in contrast with Lamb, after he had achieved literary fame and a comfortable life, he supposedly used his walking stick to drive away the slum children who begged him for coppers. If Lamb was right, then Dickens was wrong, and vice versa. I wanted to be on Lamb's side if at all possible. But I had to admit that I wasn't blameless enough to be able to kick Dickens's butt with impunity.

Like my friends, I believed we shouldn't despise the poor. But there was nothing wrong with looking

대한 동정과 연민을 쏟은 점이 그런 모양이었다. 하지만 그들의 성이 각각이듯이 작품을 떠난 실생활에서의 그들은 성격이 딴판이었다 한다. 램이 정신분열증으로 자기 친모를 살해한 누이를 돌보면서 평생을 독신으로 지내는 동안 글과 인간이 일치된 삶을 산 반면에, 어린 나이에 구두약 공장에서 노동하면서 독학으로 성장한 디킨스는 훗날 문명을 떨치고 유족한 생활을 하게 되자 동전을 구걸하는 빈민가의 어린이들을 지팡이로 쫓아 버리곤 했다는 것이다. 램이 옳다면 디킨스가 그른 것이고, 디킨스가 옳다면 램이 그르게 된다. 가급적이면 나는 램의 편에 서고 싶었다. 그러나 디킨스의 궁둥이를 걷어찰 만큼 나는 떳떳한 기분일 수가 없었다.

나도 그랬다. 내 친구들도 그랬다. 부자는 경멸해도 괜찮은 것이지만 빈자는 절대로 미워해서는 안 되는 대상이었다. 당연히 그래야만 옳은 것으로 알았다. 저 친구는 휴머니스트라고 남들이 나를 불러 주는 건 결코 우정에 금이 가는 대접이 아니었다. 우리는 우리 정부가 베푸는 제반 시혜가 사회의 밑바닥에까지 고루 미치지 못함을 안타까워했다. 우리는 거리에서 다방에서 또는 신문지상에서 이미 갈 데까지 다 가 버린 막다른 인생을 만날 적마다 수

down on the rich. It was only right and natural to do so. Calling me a "humanitarian" was by no means the kind of treatment that might damage a friendship with me. My friends and I were frustrated that various social benefits bestowed by the government did not reach the bottom rung of society. Whenever we met people with dead-end lives—on the street, in a coffee shop, or in the newspaper—we tried to compensate for their pitiable circumstances by directing vicious insults toward the mercenary plutocrats who were raking in money any way they could. We considered it our duty and task as educated people not to ignore the difficulties of those who could go no further in life.

But this was nothing more than a theory. I had to confess that I was deluding myself. Generally our outrage was spurred by the newspaper or a broadcast and then put on display during conversation at a coffee shop or a drinking place, and that was that. My friends and I carried one or two packs of gum for emergency use to drive off the urchins who went around selling gum, and we lumped together all the young people in school uniforms who sold ball-point pens or newspapers, summarily judging them to be impostors pretending to be working

단 방법을 안 가리고 긁어모으느라고 지금쯤 빨갛게 돈독이 올라 있을 재벌들의 눈을 후벼 파는 말들로써 저들의 딱한 사정을 상쇄해 버리려 했다. 저들의 어려움을 마음으로 외면하지 않는 그것이 바로 배운 우리들의 의무이자 과제였다.

그러나 그것은 어디까지나 이론에 불과한 것이었다. 자기 자신을 상대로 사기를 치고 있는 것임을 나는 솔직히 자백하지 않을 수 없다. 우리의 분노란 대개 신문이나 방송에서 발단된 것이며 다방이나 술집 탁자 위에서 들먹이다 끝내는 정도였다. 나도 그랬다. 내 친구들도 그랬다. 껌팔이 아이들을 물리치는 한 방법으로 주머니 속에 비상용 껌 한두 개를 휴대하고 다니기도 하고, 학생복 차림으로 볼펜이나 신문을 파는 아이들을 한목에 싸잡아 가짜 고학생이라고 간단히 단정해 버리기도 했다. 우리는 소주를 마시면서 양주를 마실 날을 꿈꾸고, 수십 통의 껌 값을 팁으로 던지기도 하고, 버스를 타면서 택시 합승을, 합승을 하면서는 자가용을 굴릴 날을 기약했다. 램의 가슴을 배반하는 디킨스의 머리는 매우 완강한 것이었다. 우리의 눈과 귀와, 우리의 입과 손발 사이에 가로놓인 엄청난 괴리는 우리로서는 사실 어쩔 수 없는 것이어서 도리어 나

their way through school. While drinking *soju* we dreamed of the day we would drink Western liquor. We tossed away tips worth dozens of packs of gum. While riding the bus we promised each other we would one day ride in taxis, and when taking a taxi we promised we would one day drive our own cars. Here was the calculation of Dickens, which was totally at odds with the humanitarianism of Lamb. We could do nothing about the tremendous discrepancies between what we heard and what we saw with our own eyes, or between our words and our actions. All that night I slept fitfully, kicking Lamb's butt in my dreams.

The night of Yi's second visit to my school, Kwŏn's son Yŏng-gi wouldn't stop fussing. He hadn't behaved like this before. It sounded as if the boy was having trouble getting to sleep, and finally I heard him catch a scolding for wetting his bed. Then he was left alone until his crying grew quite shrill. When it became loud enough for us to hear it clearly, Kwŏn's threatening voice resounded through the space between the ceiling and the roof. The more Kwŏn shouted, the more little Yŏng-gi's crying, so unlike that of a three-year-old, took on a sharp edge, as if it harbored a will for revenge.

는 그날 밤새껏 램의 궁둥이를 걷어차면서 잠을 온전히 설치고 말았다.

이 순경이 재차 다녀간 날 밤에 우리 집 문간방에서는 이상하게도 세 살짜리 아이의 칭얼거림이 그치지 않았다. 전에는 없던 일로 영기가 자주 잠을 깨는 눈치였고 이부자리에 지도를 그렸다고 야단을 맞는 모양이었다. 영기의 울음소리가 웬만큼 높아질 때까지는 가만 내버려 두다가 안방에까지 훤히 들릴 정도가 되면 권 씨의 위협적인 목소리가 제꺼덕 천장을 타고 내 귀에까지 건너왔다. 그러면 그럴수록 영기 녀석은 울음 속에 세 살답지 않은 보복의지 같은 걸 담아 비수처럼 휘둘러 대는 것이었다. 급기야는 아내를 비롯한 우리 가족 전부가 잠을 깰 지경이 되었다. 저렇게 처마 끝을 들고 서는 애를 달랠 생각도 않는다고 아내가 졸음 겨운 소리로 투덜거렸다. 아닌 게 아니라 권 씨 부인은 한마디 말이 없었다. 권 씨네가 이사 온 이후로 나는 지금까지 권 씨 부인이 하다못해 아야 소리 한마디 하는 걸 듣지 못했다.

"나가 버릴까 부다, 차라리 아빠가 멀리 나가 버리고 말까 봐!"

부르짖음에 가까운 권 씨의 비통한 소리가 들렸다. 그

Finally we were all half awake. "Listen to that racket, and his mother couldn't care less about calming him down," my wife muttered in a sleepy voice. True enough, Kwŏn's wife didn't say a word. In fact, since the Kwŏns had moved in I hadn't heard so much as a peep out of her.

"I'm leaving! Is that what you want? You want Daddy to go away?"

Kwŏn's pathetic outburst must have startled the youngster, for his breathless crying suddenly stopped. Or rather it tailed off like a clothesline being stretched out, and finally it became a series of sobs that Yŏng-gi seemed to swallow and choke on because of his labored breathing.

The next morning I came upon Kwŏn polishing his shoes again. This time he was more absorbed in his work than usual.

"I'm very sorry about last night."

This polite apology, which I hadn't expected, was directed toward my slippered feet. It was strange: you would have thought he was asking for a reaction to his performance the previous night.

The second day of home-visit week at school found me visiting the parents of my students from Starland Village. On the way there my homeroom

러자 어린것의 귀에도 그 말만은 놀라운 효험을 보인 모양이었다. 자지러지던 울음이 갑자기 뚝 그쳤다. 그래도 여전히 빨랫줄마냥 뻗으려는 울음의 꼬리를 아이는 도막도막 잘라 숨 돌릴 겨를 없이 삼키느라고 잦추 사레가 들렸다.

아침이 되어 보니 권 씨는 또 구두를 닦고 있었다. 구두닦기에 권 씨는 여느 날보다도 유난히 더 열심이었다.

"간밤엔 죄송했습니다."

권 씨가 슬리퍼를 신은 내 발을 상대로 정중히 사과를 했다. 이상한 일이었다. 권 씨의 새삼스러운 사과가 내 귀엔 어쩐지, 간밤의 내 솜씨가 어떻더냐고 묻는 성싶게만 들려 두고두고 떨떠름했다.

학교에서 실시하는 가정 방문 주간이 이틀째로 접어드는 날이었다. 학생 하나를 향도로 세워 '별나라' 부락에 거주하는 학부형들을 차례로 찾아다니는 중이었다. 나는 때마침 어느 학교 신축 공사장 근처를 지나가고 있었다. 콘크리트 골조를 비잉 둘러 얼키설키 엮어 지른 비계가 머리 위로 높다랗게 보였고, 시멘트 벽돌을 등에 진 사내들이 흔들거리는 널다리를 줄지어 오르내리고 있었다. 모두들 걷어붙이고 벗어젖힌 몸들이 무척이나 탐스럽고 강

student guide and I came across a school under construction. Workers toting cement bricks on their backs were filing up and down a bouncing wooden footbridge to the scaffolding that towered around the structure's concrete skeleton. Some were stripped to the waist, others had rolled up their pants or shirtsleeves; they all looked attractively rugged. But the one fellow who caught my eye reminded me of a soy-sauce bowl among large earthenware tubs. His trembling legs were barely moving, and I was surprised to see that he was dressed just like an office worker despite such rough work. I walked right under the scaffolding to get a closer look at him.

"Mr. Kwŏn—isn't that you up there?"

The moment I spoke, a brick fell right at me, but I jumped aside and avoided injury. The man hurried down the footbridge to where I stood. Yes, it was Kwŏn, all right. When I saw his face, white as a sheet and frozen in astonishment, I realized he hadn't been trying to kill me. The man was a sweaty, dusty mess. You wouldn't have believed the stains and wrinkles on the denim jacket he wore over his beige dress shirt. But his shoes were as they always were: the elaborate shine of the chocolate-colored

인해 보였는데, 그중에서 유독 한 사내가 내 눈길을 끌었다. 그는 흡사히 널벽지들 틈에 낀 간장 종지로 왜소해가지고는 후들거리는 다리를 간신히 옮기는 것이었으며, 그토록 험한 일을 하면서 놀랍게도 완연한 사무원 복장이었다. 비계 바투 밑까지 접근해서 사내의 얼굴을 재삼 확인한 다음 나는 이렇게 외쳤다.

"권 선생, 거기 있는 게 권 선생 아니우?"

그 순간 벽돌장 하나가 똑바로 내 머리를 겨냥하고 무서운 속도로 낙하해 왔다. 잽싸게 몸을 피했기 때문에 다치지는 않았다. 서둘러 널다리를 내려온 권 씨가 내 앞에 섰다. 정말 권 씨였다. 그의 얼굴에 석고처럼 굳게 새겨진 경악을 보고 나는 그가 나를 죽일 작정으로 그러지 않았음을 알았다. 그는 전신이 땀과 먼지 범벅이었다. 가까이서 보니 베이지색 와이셔츠 위에 받쳐 입은 춘추용 해군 기지 잠바는 작업에서 얻은 오손과 주름으로 말씀이 아니었다. 그러나 구두만은 여전해서 칠피 가죽에 공들여 올린 초콜릿빛 광택이 권 씨의 가장 권 씨다움을 외롭게 지켜 주고 있었다.

"내가 여기 있는 줄 어떻게 알았죠?"

마치 내가 자기 행방을 일부러 수소문해서 찾아오기라

enameled leather was the lonely sentinel of Kwŏn's essence.

"How did you know I was here?" he asked.

"It was just a coincidence. I'm on my way to do some home visits..."

He glared back and forth at my student and me. I could have put the proof right in his hands but it wouldn't have eased his suspicion, so I hurried off.

Kwŏn returned quite late that night. He came directly into our family room, took a seat, and plunked down a small bottle of *soju* as if he meant to plant it in the floor. He was already half loaded.

"I may not look like much, but I'm an Andong Kwŏn!"

His voice sounded rather clear considering he was too exhausted and pickled to budge.

"As I'm sure you know, an Andong Kwŏn gets decent treatment wherever he goes. Your family is originally from Haeju, is it not?"

It was Kwŏn's habit to confirm that I had only one suit and that my shoes were always filthy compared with his, and now he seemed intent on weighing himself against me on the basis of our family origins. I merely smiled, hoping this friendly gesture would penetrate his tipsiness and sink deep inside

도 했다는 듯이 그는 물었다.

"학생들 가정 방문을 다니다 지나는 길에 우연히……."

그는 가득 의심을 담은 눈으로 나와 내 반 학생을 번갈아 노려보았다. 증거까지 손에 쥐어 주는데도 그의 의심이 쉬이 풀릴 기색이 아니었으므로 나는 서둘러 신축 공사장을 뒤로해 버렸다.

밤이 꽤 늦어 권 씨는 귀가했다. 그는 문간방을 거치지 않은 채 내가 들어 있는 안방으로 직행해 와서 두 홉들이 소주병 하나를 푹 꽂는 기세로 방바닥에 내려놓았다. 이미 어지간히 취해 있었다.

"이래봬도 나 안동 권씨요!"

피곤에 짓눌렸던 몸뚱이가 이번엔 술에 흠씬 젖어 갱신 못 할 지경인데도 목소리만은 제법 또렷했다.

"물론 잘 아시리라 믿지만 안동 권씨 허면 어딜 가도 그렇게 괄신 안 받지요. 오 선생은 본이 해주던가요?"

내 구두가 자기 구두보다 항상 추저분하고 또 단벌임을 매번 확인하듯이 이참에는 성씨로써 일종의 길고 짧음을 대볼 작정인 듯했다. 나는 그저 웃어 보였다. 웃으면서도 사람 좋게 보이려는 내 노력이 취중을 뚫고 그의 흔들리는 뇌수 깊이에까지 제대로 전달되기를 바랐다.

his agitated mind.

"Mr. Kwŏn, you look pretty drunk. Maybe you ought to get some sleep. We can always talk later."

My wife was standing outside on the veranda, arms folded. Her face was sulky. As I glanced at her I tried to show Kwŏn that my suggestion was purely voluntary and that my subsequent effort to help him up was full of good intentions. But he staved off my good intentions, letting his involuntarily half-raised bottom flop back down. He then snapped off the cap of the *soju* bottle with his teeth.

"So, you don't want to be pals with an ex-con, is that it? Well, I can't let you off that easily. I'm going to have my say, and then I'll leave you alone."

"Ex-con?"

My wife rushed into the room, eyes gaping as if she had lost her senses. I might have thought she was crying out in unexpected delight at seeing someone, but it soon became clear that she was not in the least delighted.

"Good heavens! Did you say 'ex-con'? Who are you two talking about? Good heavens. Oh, good heavens!"

"Why, you didn't know that, ma'am? Mr. O didn't tell you? It's me we're talking about. Is something

"권 선생, 많이 취하신 모양인데 얘긴 우리 나중에 하고 들어가서 쉬시죠."

팔짱을 낀 채 문간방 너머 마루에 잔뜩 부어터진 얼굴로 서 있는 아내를 흘끔흘끔 곁눈질하면서 나는 권 씨를 편히 쉬게 하려는 생각이 순전히 자발적이며 선의에 찬 것임을 행동으로 강조해 보였다. 권 씨가 내 선의를 홱 뿌리쳤다. 그는 반쯤 강제로 일으켜졌던 엉덩이를 도로 털썩 주저앉히더니 병뚜껑을 이빨로 물어 단숨에 깠다.

"전과자허군 벗하기 싫다 이겁니까? 허지만 어림두 없어요. 오늘은 내 키필코 헐 말 다 허고 물러가리다."

"전꽈자라구요?"

눈이 벌어진 입만큼이나 되어가지고 거의 이성을 잃을 정도로 냉큼 뛰어 들어왔으므로 아내의 음성은 자연히 깜짝 반기는 투와 구별할 수 없게 되었다. 그러나 결코 반기는 투가 아님이 다음 말로써 곧 분명해졌다.

"원 세상에. 세상에나! 방금 전꽈자라구 하셨죠? 지끔 두 분이서 누구 얘길 하시는 거예요? 세상에, 세상에나……."

"아주머닌 모르고 계셨습니까? 오 선생이 얘기하지 않던가요? 바루 제 얘깁니다. 왜요, 제 눈빛이 어쩐지 이상

wrong? Do I have a funny look in my eyes? Judging from those eloquent phrases of yours, you've never seen an ex-con sitting side by side with a human being before."

My wife jumped back a few steps, as impetuously as she had rushed in. Kwŏn's glare had frozen her into submission and she appeared ready to do his bidding.

"There's nothing to be scared of. I don't have the energy to harm a fly. Would the two of you kindly relax and listen to me? I won't take long."

Until then I had been keeping an eye out for a chance to mollify Kwŏn and send him back to his room. But I had to change my mind after hearing this confession. If I listened to him, I told myself, maybe I could fathom the mystery of how he could dare to disturb the public peace yet claim he couldn't harm a fly.

"I believe it was Freud who said—" Kwŏn paused to guzzle some *soju* straight from the bottle. "—the saint and the villain are two sides of the same coin. The villain expresses his desires in action; the saint replaces his desires with dreams. That's their only difference."

Kwŏn was about to drink out of the bottle again,

해 보입니까? 아주머니 문짜대로 전꽈자허고 사람—그렇지, 사람이지—사람허고 이렇게 가차이 앉은 게 신기합니까?"

뛰어들 때와 똑같은 기세로 아내는 냉큼 몇 발짝 물러섰다. 빤히 올려다보는 권 씨 앞에서 아내는 새파랗게 질려가지고 단박 고분고분해졌다. 권 씨가 앉으라면 앉고 들으라면 듣는 자세를 취했다.

"모기 앞정갱이 하나 뿌지를 힘도 없는 놈입니다. 뭐 조금도 겁내실 거 없습니다. 편안한 맘으로 내외분이서 제 얘기 들어 주십시오. 잠깐이면 됩니다."

그때까지도 나는 적당히 권 씨를 구슬려 문간방으로 돌려보낼 기회만을 노리고 있었다. 그러나 그의 입에서 모기 앞정강이 부러뜨릴 힘도 없다는 고백이 나오고부터는 생각이 달라지지 않을 수 없었다. 그가 하는 말을 듣다 보면 모기 앞정강이 하나 어쩌지 못하는 주제에 감히 사회의 안녕과 질서를 뚝뚝 부러뜨린 그 불가사의가 다소 풀릴 것도 같았다.

"아마 프로이트가 한 말일 겁니다."

그는 병째 기울여 소주를 꿀꺽꿀꺽 들이켰다.

"성자와 악인은 종이 한 장 차이랍니다. 악인이 욕망을

so I took it from him, gave it to my wife, and had her prepare a simple serving tray.

"I'm not trying to make the saints look bad in order to whitewash my own situation. But it's true I've taken great consolation from Freud. I feel as if he wrote those words of consolation knowing I'd turn out to be a convict."

The tray arrived. In addition to the liquor there was some pork stew reheated from dinner and a couple of dishes you might see at any of our meals. The first thing Kwŏn and I did was pour each other a shot of *soju.*

"Mr. O, I was at least as good a citizen as you—until the day I got soaked in the rain like the rat who fell into the water jar. And of course my wife was probably as gentle and sweet as your wife. Sure, we had our complaints and suffered some injustices, but the best we could do was solve them in our dreams; we never knew how to express them through action."

I asked my wife to buy some more *soju.* The more Kwŏn drank the paler he turned and the more glib he became. The liquor loosened his tongue, that was for sure.

"My whole life has been one big struggle.

통해 행동으로 표현하는 대신에 성자는 그것을 꿈으로 대신하는 것에 불과하답니다."

그가 또 소주병을 기울이려 했으므로 나는 병을 빼앗은 다음 아내를 시켜 간단한 술상을 보아 오게 했다.

"내 입장을 그럴듯하게 꾸미기 위해서 성현을 깎아내릴 생각은 없습니다. 그렇지만 프로이트한테 커다란 위로를 받고 있는 건 사실입니다. 내가 전과자가 될 줄 미리 알구서 일찍이 그런 위로의 말을 준비해 둔 성싶거든요."

술상이 들어왔다. 저녁에 먹다 남긴 돼지찌개 재탕에다 끼니때마다 보는 밑반찬 두어 가지가 전부였다. 우리는 일차로 주거니 받거니 했다. 그는 말했다.

"물독에 빠진 생쥐처럼 잔뜩 비를 맞던 저 화요일이 있기 전까지 나 역시 오 선생 이상으로 선량한 시민이었지요. 물론 내 안사람도 아주머니만큼이나 착하고 선량했을 겁니다. 불만이 있고 억울한 일이 있어도 기껏 꿈속에서나 해결할 뿐이지 행동으로 나타낼 줄은 몰랐으니까요."

아내더러 술을 더 사 오도록 했다. 술이 들어갈수록 그는 더욱 창백해졌으며, 너름새가 좋아졌다. 술이 그를 지껄이도록 시키고 있음이 분명했다. 그는 말했다.

"모든 게 무리였지요. 우선 나 같은 인간이 태어난 그

Probably someone like me shouldn't have been born in the first place. I could have died of typhoid fever, peritonitis, or one of the other diseases I've had, but instead here I am scraping along with a wife and kids. And then that house we had in the Kwangju Housing Development... Somehow, nothing's gone smoothly."

Several years earlier a most persuasive rumor had spread, especially among the have-nots, that a "Shangri-La" was to be built in the Kwangju area, on the outskirts of Seoul. Kwŏn had taken this with a grain of salt. He had tended to believe that a Shangri-La was nothing special to begin with. But he had been tempted by the prospect of owning a house, and had overvalued the benefit of being within commuting distance of Seoul. He realized now that he had blundered. In the end he had scared up two hundred thousand *wŏn*, a hefty sum at the time, and through an elderly, part-time realtor had bought a lot from a displaced family.

"For the first time in my life I owned a twenty-*p'yŏng* lot. I was so happy I paced the boundaries of that lot every morning and every night. I got down on my hands and knees and measured it—I practically caressed it. I knew the land should have

자체가 무리였고, 장질부사나 복막염 같은 걸로 죽을 기회 다 놓치고는 아등바등 살아나서 처자식까지 거느린 게 무리였고, 광주단지에다 집을 마련한 게 무리였고, 이래저래 무리 아닌 일이 하나도 없었습니다.”

지상낙원이 들어선다는 소문이 특히 없이 사는 사람들 사이에 굉장한 설득력을 지닌 채 퍼지고 있었다. 꼭 그걸 믿어서가 아니었다. 외려 그는 처음부터 낙원이란 게 별게 아님을 믿는 편이었다. 다만 차제에 내 집을 마련할 수 있다는 유혹의 손에 덜미를 잡혀 서울에서 통근 거리 안에 든다는 그 이점을 너무 과대평가했던 과오는 인정하지 않는 바 아니다. 결국 그는 당시 형편으로는 거금에 해당하는 이십만 원 변통해서 복덕방 영감쟁이를 통하여 철거민의 입주 권리를 손에 넣었다.

“난생처음 20평짜리 땅덩어리가 내 소유로 떨어진 겁니다. 내 차지가 된 그 이십 평이 너무도 대견해서 아침저녁으로 한 뼘 한 뼘 애무하다시피 재고 밟고 하느라고 나는 사실은 나 이상으로 불행한 어느 철거민의 소유였어야 할 그것이 협잡으로 나한테 굴러떨어진 줄을 전혀 잊고 지낼 정도였습니다. 당시의 나한테는 이 세상 전체가 끽해야 20평에서 그렇게 많이 벗어나게 커 보이지는 않았습니다.”

belonged to a displaced family—people more unfortunate than me—but that didn't bother me. At that time, the world didn't look any bigger than twenty *p'yŏng* to me."

Kwŏn had barely managed to obtain this land but he lacked the wherewithal to lay the foundation and build the frame of a house in order to have shelter. So he let the lot sit, and for the next several months the family made do with an old tent he had rounded up. It was an election year, and the candidates for the National Assembly added various pledges, one after another, to the plans announced for the construction of the "Shangri-La." Magnificent groundbreaking ceremonies were held in various locales and a construction boom followed. In no time the paradise for displaced families, most of them day laborers, was at hand. As the election campaigns heated up, land prices skyrocketed, wages jumped, and real estate speculators buzzed everywhere. None of these developments concerned him in the slightest, Kwŏn had thought. But then the elections were over and in the light of the twenty-watt bulb in his tent he found out how wrong he had been. The realization was like a jolt of lightning.

"The very next day—can you believe it? The elec-

가까스로 대지는 마련되었으나 그 위에 기둥을 세우고 비바람을 가릴 여유는 아직 없어 땅을 묵히다가 또 간신히 낡은 텐트 하나를 구해서 버티기를 몇 달이나 했다. 선거철이었다. 지상낙원 건설의 청사진에 갖가지 공약들이 한 획 한 획 첨가되었다. 곳곳에서 기공식들이 화려하게 벌어지고 건설 붐이 일었다. 당장 막벌이 날품팔이들의 천국이 눈앞의 현실로 바싹 당겨졌다. 갈수록 선거 열풍이 거세짐과 더불어 지가가 열나게 뛰고 사람 값이 종종걸음을 치고 하는 그사이 부동산 투기업자들이 훨훨 날아다녔다. 그는 생각하기를, 이와 같은 움직임 모두가 자기하고는 하등 상관이 없는 것이려니 했다. 그런 생각이 얼마나 잘못되었나를 그는 선거가 끝났을 때 이십 촉짜리 전등 밑에서 벼락이 머리에 닿듯이 아찔하게 확인했다.

"국회의원 선거가 끝난 바로 다음 날이었습니다. 이틀만 지났어도 두말 않겠어요. 어제 끝났으면 오늘 그런 겁니다."

한 장의 통지서가 배부되어 왔다. 6월 10일까지 전매 소유한 땅에다 집을 짓지 않으면 불하를 취소하겠다는 내용이었다. 보름 후면 6월 10일이었다. 보름 안에 집을 지으라는 얘기였다. 자기가 날품팔이가 아니래서, 자기 생

tions were held one day and the next day it all started."

A notice was delivered from the authorities in Seoul: any lot purchased from a displaced family must have a house on it by June 10 or the sale would be nullified. June 10 was fifteen days away. Kwŏn and his wife had to build a house on their lot within that period. Since Kwŏn was not a day laborer and his livelihood was still in Seoul, he had gone his own way in Kwangju, indifferent to the chaotic events concerning the housing development that had surfaced during the campaigns. So now he was off to a late start on the house. He had to run his butt off to catch up. First, he took several days off without notifying the publishing company where he worked, and tried frantically to scrape up some money. As the money materialized he bought cement, cinder blocks, and lumber. With his wife he started building, one row of blocks atop the next. The two of them didn't know the first thing about construction, but they carried out the enormous enterprise undaunted, their instincts telling them that at least the house wouldn't collapse. More than anything else, they felt lucky and grateful that the authorities didn't ask them to build an attractive

계의 근원이 여전히 서울이래서 대단지의 부산스런 움직임과는 무관한 것처럼 처신해 온 그는 뒤늦게 사타귀에서 방울 소리가 나도록 뛰어다니지 않으면 안 되었다. 우선 며칠씩 출판사를 무단결근하면서 닥치는 대로 돈을 변통하기에 급급했다. 돈이 되는 대로 시멘트와 블록과 각목을 사서 마누라와 함께 한 단 한 단 쌓아 올리기 시작했다. '저나 내나' 건축엔 눈곱만큼의 지식도 없었지만 그저 본능이 시키는 대로, 이렇게 하면 최소한 넘어지지는 않겠거니 하는 어림 하나로 소위 집을 짓는 엄청난 일을 겁 없이 감행했다. 지상낙원이란 구호에 합당할 그럴듯한 가옥을 당국에서 요구하지 않는 것이 무엇보다 다행이었고 고마운 일이었다. 건자재가 떨어지면 작업을 중단하고 뛰어나가 비럭질하다시피 돈을 꾸어다 재료를 대기를 몇 차례나 거듭하는 사이에 어느덧 사면 벽이 세워지고 지붕이 씌워졌다. 채 보름도 걸리지 않았다. 외양이나 실질이야 아무렇든 자기가 원하고 당국에서 요구한 그 집이 드디어 완성된 것이다.

"서둘러서 집을 짓도록 명령한 당국에다 외려 감사해야 할 판이었어요. 우리는 한 달 남짓 고대광실에라도 든 기분으로 둥둥 떠서 지냈습니다. 그 한 달 내내 마누라는 은

house worthy of the name Shangri-La. When they ran out of building materials they stopped working and begged friends and relatives for money to buy more. They repeated this process several times, and before they knew it the walls were up and the roof was on. The whole thing took less than the fifteen days. Whatever its quality or outward appearance, the house the Seoul authorities had decreed was finally constructed.

"We felt like we should have thanked the authorities for making us build the house so fast. For almost a month we were on top of the world—we had ourselves a palace. My wife hugged our little Ŭn-gyŏng and the tears trickled down her cheeks."

But just as they were about to breathe easy there came another notice from Seoul: Those who had bought lots from displaced families would have their ownership officially recognized only if they deposited eight to sixteen thousand *wŏn* per *p'yŏng* for their twenty-*p'yŏng* lots by the end of July. Otherwise, the sale would be nullified and they would be subject to up to six months in jail and a fine of up to three hundred thousand *wŏn*.

"They gave us fifteen days this time too. There's something they love about fifteen days."

경이 년을 끌어안고 쫄쫄 쥐어짜기만 했지요."

겨우 한숨 돌리려는 참인데 또 통지서가 왔다. 전매 입주자는 분양 전 토지 20평을 평당 팔천 원 내지 만 육천 원으로 계산하여 7월말까지 일시불로 납부하는 조건으로 불하받으라는 것이었다. 만일 기한 내 납부치 않으면 해약은 물론 법에 의해 육 개월 이하의 징역이나 삼십만 원 이하의 벌금을 과하도록 하겠다는 단서가 붙어 있었다.

"이번 역시 보름 기한이었어요. 보름 되게 좋아합디다. 걸핏하면 보름 안으로 해내라는 거예요."

엎친 데 덮쳐 경기도에서는 토지취득세부과통지서를 발부했다. 관할과 소속이 각기 다른 서울시와 경기도가 이렇게 쌍나발을 부는 바람에 주민들은 거의 초주검 꼴이 되었다. 광주대단지토지불하가격시정대책위원회라는 유례없이 긴 이름의 임의 단체가 조직되었다. 대책위원회는 곧 투쟁위원회로 개칭되었다. 속에 식자깨나 든 것으로 알려져 그는 같은 배를 탄 전매 입주자들에 의해서 대책위원과 투쟁위원을 고루 역임하게 되었다.

"그게 만약 감투 축에 든다면, 나한텐 정말 분에 넘치는 감투였어요."

겸손의 말이 아니었다. 그런 일을 감당할 만한 능력도

To make things worse, the Kyŏnggi provincial office sent them a notice to pay a real estate acquisition tax. In this manner, the city of Seoul and Kyŏnggi Province, which had different jurisdictions, sometimes whistled a different tune on the same matter, and in this case both the displaced families and those who had purchased lots from them were at their wits' end as a result. A citizens' organization called the Committee for Correcting the Resale Price of Kwangju Housing Development Land was formed (the name set a record for length in those days), and was straightaway renamed the Committee for Opposing and Correcting... Since Kwŏn was known to be a learned fellow, those who were in the same boat as he drafted him onto the original committee and then its successor.

"I suppose you could call this a position of honor, but to me it was more than I deserved."

Kwŏn was not saying this out of humility. Not only did he feel incapable of performing his duties, but because he regarded himself as a Seoulite through and through rather than identifying with the Kwangju Housing Development, he was reluctant to take on the responsibility. And so he didn't attend any of the nonstop committee meetings. Without a

없을뿐더러 자기는 여전히 광주단지 사람이 아니며 어디까지나 서울 사람이라는 생각 때문에 맡고 싶지도 않았고, 그래서 뻔질나게 열리는 회의에 한 번도 참석지 않았다. 해결의 실마리라곤 전혀 보이지 않는 가운데 팽팽한 긴장 속에서 7월 말 시한을 넘기고 8월 10일을 맞았다. 투쟁위원회에서 최후 결단의 날로 정한 바로 그날이었다.

공기가 흉흉했다. 그 흉흉한 공기가 저기압을 불러왔음직했다. 비가 내렸다. 이른 아침부터 거리에 전단이 살포되고 벽보가 나붙었다. 시간이 되면 가슴에 달기로 한 노란 리본이 나누어졌다. 그는 방 안에서 꼼짝도 않으면서 밖에서 벌어지는 움직임에 잔뜩 신경을 곤두세우고 있었다. 꼭 무슨 일이 일어나고야 말 것을 예감케 하는 분위기였다. 그게 두려웠다. 무슨 일이 일어난다는 건 그에게 있어 일어나지 않느니만 같지 못했다. 비는 간헐적으로 내렸다. 열한 시가 지났다. 열한 시에 나와서 위원회 대표들과 면담하기로 약속한 사람이 나타나지 않자 사람들은 기다리는 일을 포기해 버렸다. 모두들 거리로 뛰쳐나오라고 외치는 소리가 골목을 누볐다. 맨주먹으로 있지 말고 무엇이든 되는 대로 손에 잡으라고 그 소리는 덧붙이고 다녔다. 누군지 빈지문이 떨어져 나가게 두들기는 사람이

hint of a settlement in sight, the end-of-July deadline for payment of the deposit passed in an atmosphere of taut anxiety. And then on August 10—the day of action decided upon by the committee—things started to happen.

As fate would have it, this high-pressure political atmosphere was greeted with a low-pressure weather system and it began to rain. From early in the morning, leaflets were scattered on the streets and posters appeared on the walls. Yellow ribbons were distributed, to be pinned to the demonstrators' chests at eleven o'clock. Kwŏn remained in his house, not budging, but the sounds of people moving about outside put his nerves on edge. He sensed that something would surely happen, and that scared him. To Kwŏn, the present situation was better than whatever might happen. The rain fell intermittently. The committee representatives duly presented themselves at eleven o'clock for talks with the authorities, but when the government spokesman did not appear they decided to wait no longer. Shouts for the citizens to come out into the streets echoed through the alleys of the housing development. "And don't come out barehanded! Grab something—anything!"

있었다.

"권 선생! 권 선생! 집에 기슈?"

가슴이 덜컥 내려앉는 소리였다. 그는 마누라를 시켜 벌써 출근했다고 거짓말을 하게 했다. 누군지 모를 사내를 따돌리고 나서 그제야 생각해 보니 화요일이 아닌가. 일요일도 아닌데 여태껏 출근하지 않고 빈둥거린 그 이유는 또 뭔가. 별안간 그는 깜짝 놀랐다. 그것은 의타심이었다. 자기도 깊이 관련된 일이 정작 자기는 뛰어들 의사가 없으면서도 남들의 힘으로 그 일이 성취되는 순간이 오기를 기다리는 기회주의의 자세였다. 그것은 여지없이 하나의 자각이면서 동시에 부끄러움의 확인이었다. 그는 후닥닥 일어나 밖으로 나갔다. 그는 길을 가득 메운 채 손에 몽둥이와 각종 연장 따위를 들고 출장소 쪽으로 구호를 외치며 달려가는 사람들을 보았다. 그들과 마주쳤을 때 그는 낮도둑처럼 얼른 샛길로 몸을 피했다. 부끄럽게 자신을 깨달은 뒤끝이니까 한 번쯤 발길이 그들 쪽으로 향할 법도 하건만 그의 눈은 완강하게 서울로 가는 버스만 찾고 있었다. 그러나 헛수고였다. 외부로 통하는 교통수단은 이미 두절되어 있었다. 차를 찾는 잠깐 사이에도 전신이 비에 흠뻑 젖었다. 바람을 받으며 엇비슥이 때리는

Someone knocked so hard on the sliding door to Kwŏn's house that it almost jumped from its track.

"Mr. Kwŏn! Are you there, Mr. Kwŏn?"

Kwŏn's heart sank. He had his wife reply that he had left for work. Only after getting rid of this fellow, whoever he was, did Kwŏn realize it was already Tuesday. Why had he stayed home from work, moping around the house, since the day before? The answer suddenly dawned on him: it was his dependence on others. His was the attitude of an opportunist—one who never jumped into the thick of things, even when they deeply concerned him, but waited for the moment when the efforts of others bore fruit. Kwŏn was shocked. This was an unequivocal awakening and he was overcome with shame. He sprang up and rushed outside. The streets were choked with people running toward the government branch office shouting slogans and carrying any kind of stick or tool they could use as a weapon. Upon being confronted by them he ducked into a side street like a thief. He might have joined them, given his awakening, but his eyes kept searching for a bus to Seoul. But it was useless: transportation to the outside had been cut off. During this brief search for a bus he was drenched

끈덕진 비로 거리에 나온 사람들은 저마다 후줄근히들 젖어 있었다. 그는 차 잡기를 포기하고 인적이 뜸한 골목만 골라 걷기 시작했다. 생전 처음 걷는 생소한 길을 서울로 통하는 길이거니 하면서 무작정 걷다가 자기와 비슷한 처지의 동무를 만나게 되었다. 몽둥이와 돌멩이를 든 군중을 피해서 요리조리 골목을 누비며 오는 택시였다. 그는 재빨리 골목길 한복판을 결사적으로 막아섰다. 요금은 암만이라도 좋았다. 택시 안에 일행으로 보이는 신사분 셋이 선승해 있었다. 그들을 태운 택시가 어쩔 수 없이 통과하지 않으면 안 되는 광주단지의 관문에 다다랐을 때 검문에 걸렸다. 원시 무기로 무장한 일단의 청년들이 살기 등등해가지고 무조건 차에서 내릴 것을 명령했다.

"아하, 투쟁위원님이 타구 계셨군요. 단신으로 서울까지 쳐들어가서 투쟁하시긴 아무래도 무립니다. 어서 내리십쇼."

웬 청년이 다가오더니 허리를 굽실하고 빙싯빙싯 웃으며 친절히 말했다. 청년은 용케도 그를 알아보는 모양이나 이쪽에서는 상대방이 누군지 전혀 기억에 없었다. 잠시 그가 어물쩍거리자 곁에 있는 다른 청년이 잡담 제하고 몽둥이를 휘둘러 단박에 차창을 박살내 버렸다.

to the bone by the relentless sheets of wind and water that beat down on the demonstrators. He gave up on the buses and began searching for a quiet alley. He moved aimlessly, thinking these unfamiliar streets he was walking for the first time would eventually lead him to Seoul. And then he came upon a vehicle with the same goal—a taxi that had avoided the club and rock-wielding mob by zigzagging through the alleys. In desperation Kwŏn jumped into the middle of the alley and blocked the taxi's path—he couldn't have cared less about the fare—and got inside, joining a party of three well-dressed men. The taxi had to pass through the gateway to the housing development, and there it was stopped at a checkpoint. A menacing group of youths armed with two-by-fours, bicycle chains, and other primitive weapons ordered the taxi's occupants out.

One of the youths approached the window where Kwŏn was seated. He bowed, grinned, and spoke congenially.

"Well, well, well, if it isn't our esteemed committee member. Don't you think it's a bit much for you to take on Seoul all by yourself? Would you mind getting out?"

"개새끼들아, 늬들 목숨만 목숨이냐?"

"다른 사람들은 몇 끼씩 굶고 악을 쓰는 판인데 택시나 타고 앉았다니, 늘어진 개 팔자로군."

"굶어도 같이 굶고 먹어도 같이 먹어! 죽어도 같이 죽고 살어도 같이 살잔 말야!"

각목이나 자전거 체인 따위를 코앞에 들이대면서 청년들이 가뜩이나 쉰 목청을 한껏 드높이고 있었다. 물론 그러기 전에 차에 탔던 승객들은 차창이 부서져 나가는 순간 밖으로 뛰어나와 이미 절반쯤은 죽어 있었다.

"권 선생님, 저쪽으로 가실까요."

처음 알은체하던 예의 그 청년이 그에게 귀엣말을 했다. 그가 가장 두렵게 느끼는 건 몽둥이가 아니었다. 친절이었다. 청년은 웃음으로 그를 묶어 도로변 잡초 더미까지 손쉽게 연행해 갔다. 그리고는 거기에서 일장의 설교를 늘어놓기 시작했다. "물론 잘 아시겠지만……"이라고 말끝마다 전제하면서 청년은 주로, 지금 이 시간에도 먹고 마시고 춤추고 침대에서 뒹굴고 있을 서울의 유한계급과 대단지 안의 처참한 생활상을 침이 마르도록 대비시킴으로써 아직도 잠자고 있는 그의 사회적 지각을 새 나라의 어린이처럼 벌떡 일어나게 하려는 수작인 줄은 짐작이

Kwŏn had no idea who this youth was. When he didn't immediately respond, a second youth smashed the windshield of the taxi with a club. The passengers jumped out, and the youths, already hoarse from shouting, raised their voices as loud as they could while threatening the men with their weapons.

"Selfish sons of bitches!"

"We've been on a hunger strike and going all out, and look at you sitting in a taxi like you never had it so good!"

"If we go on a hunger strike, we do it together! We eat, we do it together! We die, we do it together! We live, we do it together! Got it?"

By this time the passengers were frightened half to death.

"Mr. Kwŏn, could you step aside with me for a moment?" whispered the youth who seemed to know him.

It wasn't the sight of the clubs but rather the kindness of this youth that scared Kwŏn the most. Fettered by the young man's smile, Kwŏn did not resist as he was led to a weed patch beside the road. There the youth delivered a long lecture. "Of course, as you know..." Beginning every sentence

되는데, 한마디도 귀에 들어오지 않았다. 대체 사람이 얼마나 잔인하면 이런 판국에 저토록 친절할 수 있을까만을 그는 생각하고 있었다. 자신의 설교가 웬만큼 먹혀들었다고 판단했던지 청년은 그를 이끌고 가파른 산등성이를 질러 단지 중심부로 들어갔다.

"바루 저기 저 부근이었어요."

그는 우리 방 들창 쪽을 손으로 가리켰다. 그러나 유감스럽게도 안방 아랫목에 앉아서는 그가 가리키는 저기가 어디쯤인지 가늠키 어려웠다. 우리 내외의 얼굴이 실감한 사람답잖게 맨송맨송한 걸 알아차린 그는 갑자기 벌떡 일어서는가 싶더니 어느 새 마루로 뛰어나가고 있었다. 덩달아 내가 뛰어나간 것은 순전히 그를 붙잡기 위해서였다. 언제 들어왔는지 마루 끝 현관 부근에 권 씨의 일가족이 오보록이 몰려 차례로 뛰어나오는 우리를 빤히 올려다보고 있었다. 아비를 보자마자 새끼들 입에서 대번에 울음이 터져 나왔다. 잔뜩 부른 배를 금방이라도 마루에 내려놓을 듯한 자세를 취한 채 권 씨 부인은 홍당무가 된 자기 남편을 그저 멀뚱히 쳐다볼 따름이었다.

"울 것 없다. 느이 애비 아직 안 죽었다."

가장으로서의 체통 같은 걸 다분히 의식하는 목소리로

with this assumption, he drew a lavish comparison between the leisure class in Seoul—who at that very moment were eating, drinking, dancing, and cavorting in bed—and those living in misery in the housing development. Kwŏn realized that this spiel was designed to rouse his slumbering social consciousness, just as one of the old songs exhorted the children of the "New Korea" to rise and shine. But not a word registered. Instead, Kwŏn asked himself how on earth a person could be cruel enough to treat him so kindly in a situation such as this. The youth, deciding that his lecture must have sunk in, led Kwŏn along a steep hillside that provided a shortcut to the center of the housing development.

"It was right over in that area." Kwŏn pointed in the direction of the window.

Regrettably, from where we sat in our family room it was difficult to figure out where he was pointing. Kwŏn realized from our expressionless faces that he wasn't getting through to us and before I knew it he had sprung to his feet and was out the door. I followed, wanting simply to detain him. At some point Kwŏn's family had gathered at the edge of the veranda near the front door and they stared up at the two of us as we popped out of the family room

그가 낮게 말했다. 그는 내친걸음에 아들딸들 울음의 틈서리를 뚫고 마당에까지 진출했다. 말은 똑바로 하면서도 걸음은 비틀거리는 것이 아마 평형을 잃지 않으려는 그의 의지가 혀 아래까지는 미치지 못하는 모양이었다.

“저기 저쯤이었지요.”

방 안에서보다 훨씬 자신이 붙은 소리로 그가 재차 설명했다. 언덕 아래 한참 거리에 달팍 쏟아부은 듯한 불빛의 무리가 그의 가리키는 손끝에서 놀고 있었다. 어른들끼리 시방 서로 싸우느라고 그러는 것이 아닌 줄을 벌써 알아차렸을 텐데도 아이들은 봇물 터지듯 나오는 울음을 조금도 누그러뜨리려 하지 않았다.

“저것 좀 보라고 청년이 갑자기 소리칩디다. 그렇잖아도 난 이미 보고 있었는데요. 빗속에서 사람들이 경찰하고 한참 대결하는 중이었죠. 최루탄에 투석으로 맞서고 있었어요. 청년은 그것이 마치 자기 조홧속으로 그려진 그림이나 되는 것같이 기고만장입디다만, 솔직히 얘기해서 난 비에 젖은 사람들이 똑같이 비에 젖은 사람들을 상대로 싸우는 그 장면에 그렇게 감동하지 않았어요. 그것보다는 다른 걱정이 앞섰으니까요. 이 친구가 여기까지 끌고 와서 끝내 날 어쩔 작정인가 하고 말입니다. 그런데

one after the other. At the sight of their daddy the little ones burst into tears. Kwŏn's wife, her stomach huge, appeared ready to collapse on the veranda. She gazed in bewilderment at her husband, who had turned as red as a beet.

"You don't have to cry. Daddy's still alive."

I sensed from Kwŏn's low voice that he was well aware of the dignity he enjoyed as family head. He threaded his way between the crying children until he had reached the yard. He spoke clearly, but staggered as he walked, as if his determination to keep his balance could reach no farther than his tongue.

"It was over there," he explained repeatedly. He was much more sure of himself now. A cluster of lights far down the hill flickered beyond the tip of his index finger. They seemed to have poured down from the sky. Although the children must have realized by now that the adults were not quarreling, their torrent of tears did not ebb.

"'Look at that!' this young fellow shouts. Well, I was already looking. I could see through the rain that the demonstrators had squared off against the police. It was rocks against tear gas. The young fellow was in high spirits—it was almost as if he'd waved a magic wand and created the whole scene.

잠시 지켜보고 있는 사이에 장면이 휘까닥 바뀌져 버립디다. 삼륜차 한 대가 어쩌다 길을 잘못 들어가지고는 그만 소용돌이 속에 파묻힌 거예요. 데몰 피해서 빠져나갈 방도를 찾느라고 요리조리 함부로 대가리를 디밀다가 그만 뒤집혀서 벌렁 나자빠져 버렸어요. 누렇게 익은 참외가 와그르르 쏟아지더니 길바닥으로 구릅디다. 경찰을 상대하던 군중들이 돌멩이질을 딱 멈추더니 참외 쪽으로 벌떼처럼 달라붙습디다. 진흙탕에 떨어진 것까지 주워서는 어적어적 깨물어 먹는 거예요. 먹는 그 자체는 결코 아름다운 장면이 못 되었어요. 다만 그런 속에서도 그걸 다투어 주워 먹도록 밑에서 떠받치는 그 무엇이 그저 무시무시하게 절실할 뿐이었죠. 이건 정말 나체화구나 하는 느낌이 처음으로 가슴에 팍 부딪쳐 옵디다. 나체를 확인한 이상 그 사람들하곤 종류가 다르다고 주장해 나온 근거가 별안간 흐려지는 기분이 듭디다. 내가 맑은 정신으로 나를 의식할 수 있었던 것은 거기까지가 전부였습니다."

그가 더 이상 이야기를 계속할 눈치가 아니었으므로 나는 비로소 그에게 말을 걸 기회를 얻었다.

"그 뒤 권 선생이 어떻게 되셨는지 물어봐도 괜찮겠습니까?"

But frankly I wasn't all that impressed by the sight of two groups fighting each other and getting soaked. I was more worried about what my young friend was going to do to me now that he'd brought me this far. But then everything changed right before our eyes. A three-wheeler loaded with a bunch of ripe *ch'amoe* melons came along and got swallowed up in the crowd. It must have taken a wrong turn. The driver nosed it every which way trying to break out, but it ended up getting turned upside-down. All those melons spilled out and started rolling down the street. Right then and there the demonstrators stopped their rock throwing and swarmed over the melons like bees. The entire load was gone in no time. People were actually picking them out of the mud and chomping in. Eating isn't exactly a pretty sight to begin with, but there was something downright primitive about those people fighting over the melons, and it scared the devil out of me. 'My god, this is human nature at its most naked,' I told myself. I'd never been so moved. I'd always tried to convince myself that I was a different sort from others, but now I wasn't so sure about my reasoning. In fact, I couldn't think about myself in a levelheaded manner anymore."

"벌써 물어 놓고는 뭘 양해를 구하십니까. 사흘 후에 형사가 출판사로 찾아와서 수갑을 채우더군요. 경찰에서 증거로 제시하는 사진들을 보고 놀랐습니다. 사진 속에서 난 뻐스 꼭대기에도 올라가 있고 석유 깡통을 들고 있고 각목을 휘둘러대고 있기도 했습니다. 어느 것이나 내 얼굴이 분명하긴 한데 나로서는 전혀 기억에 없는 일들이었으니까요."

이제 그 이야기에 관해서는 들을 만큼 다 들은 셈이었다. 느닷없이 소주병을 꿰차고 들어와서 여태껏 잠자코 입을 봉하고 있던 그 이야기를 새삼스럽게 길게 늘어놓은 이유도 능히 짐작할 수 있었다. 하지만 내겐 아직도 궁금한 구석이 공연한 부담감과 함께 남아 있었다. 차제에 그걸 풀 수만 있다면 피차를 위해서 오히려 잘된 일일 것이다.

"내가 이 순경을 만나는 줄 진작부터 알고 계셨습니까?"

권 씨가 소리 없이 웃었다.

"정확히 말해서 이 순경이 오 선생을 만나는 거겠죠. 어느 한 부분이 장해를 받으면 다른 한 부분이 비상하게 예민해지는 법입니다. 내 경우 그것은 제 육감입니다."

"설마 이 순경한테 고자질했다고 생각하진 않으시겠죠?

I had a hunch Kwŏn wasn't going to continue, so for the first time I spoke up.

"Do you mind if I ask what happened next?"

"Why do you need my permission? You just asked. Three days later a detective showed up at the publishing company and put me in handcuffs. When I saw the photos the police handed me as evidence I couldn't believe it. There I was sitting on top of a bus; there I was holding a can of kerosene; there I was waving a two-by-four around. It was my face all right, but I'll be damned if I can remember any of that stuff."

I felt I'd heard all there was to hear. Now I could understand why Kwŏn had invited himself in, clutching a bottle of *soju*, to unravel this tale he had kept to himself. But there was one small matter that still bothered me and I thought it would be better for both of us if we could resolve it while we had the chance.

"I guess you've known that I've been seeing Yi the policeman?"

Kwŏn smiled. "More precisely, he's been seeing you, I would think. You know, when one part of the body is paralyzed, another part becomes uncommonly sensitive. In my case, it's a sixth sense."

이 순경은 그걸 협조라는 말로 표현했습니다만…….”

그는 또 소리 없이 웃었다.

“방금 얘기했잖습니까, 경우에 따라서 사람은 자기가 전혀 원치 않던 일을 자기도 모르는 사이에 할 수도 있다고 말입니다. 오 선생도 아마 거기서 예외는 아닐 겁니다. 지금까진 하진 않았지만 앞으로도 협조하지 않는다고 장담하실 필요는 없습니다.”

그날 밤 잠자리에 들면서 아내가 내 귀에 속삭였다.

“권 씨 그 사람 꼴로 볼 게 아니네요. 어수룩한 줄 알았더니 여간내기가 아녜요.”

“앉으라면 앉고 서라면 서고, 당신 꼼짝없이 당하더구만.”

“아이 분해라!”

불을 끈 다음에 아내가 다시 소곤거려왔다.

“당신두 보셨죠? 오늘사 말고 영기 엄마 배가 유난히 더 불러 보였어요. 혹시 쌍둥이나 아닌가 싶어서 남의 일 같잖아요. 여덟 달밖에 안 된 배가 그렇게 만삭이니 원…….”

“당신더러 대신 낳으라고 떠맡기진 않을 거야. 걱정 마.”

나는 그날 밤 디킨스와 램의 궁둥이를 번갈아 걷어차는

"I hope you don't think I've been informing on you. Yi calls it 'cooperation,' but..."

Kwŏn smiled again. "There are times when you can do something you wanted absolutely no part of, and not even realize it—remember? Probably you're no exception. Just because you haven't cooperated with him in the past doesn't mean you won't cooperate with him in the future."

"I sure had that Kwŏn figured wrong," my wife whispered to me after we had gone to bed that night. "I thought he was an idiot, but he's something else entirely."

"He had you around his little finger—you were helpless," I replied.

"I know it, and it makes me so mad!"

After I turned off the light she spoke again, keeping her voice down.

"Her stomach looked bigger than ever today—you saw it. What's the poor thing going to do if it's twins? I know she's only eight months along, but she looks like she's ready right now—goodness..."

"Relax—she's not going to ask you to have the baby for her."

That night I dreamed I was taking turns kicking Dickens's butt and Lamb's butt. And then I was

꿈을 꾸었다. 내가 권 씨의 궁둥이를 걷어차고 권 씨가 내 궁둥이를 걷어차는 꿈을 꾸었다.

아내가 권 씨네에 대해서 갑자기 관심을 보이기 시작했다. 좀 더 정확히 얘기해서 권 씨 부인의 그 금방 쏟아질 것만 같은 아랫배에 대한 관심이었다. 말투로 볼 때 남자들이 집을 비우는 낮 동안이면 더러 접촉도 가지는 모양이었다. 예정일도 모르더라면서 아내는 낄낄낄 웃었다. 임산부가 자기 분만 예정일도 몰라서야 말이 되느냐고 핀잔했더니, 까짓것 알아도 그만 몰라도 그만, 어차피 때가 되면 배 아프며 낳기는 마찬가지라면서 태평으로 있더라는 것이었다.

권 씨는 여전히 일자리를 구하지 못한 채였다. 일정한 직장이 없으면서도 아침만 되면 출근 복장을 차리고 뻰질나게 밖으로 나가곤 했다. 몸에 붙인 기술도, 그렇다고 타고난 뚝심도 없으면서 계속해서 공사판 같은 데 나가 막일을 하는 눈치였다. "동주운아, 노올자아!" 하고 둘이 합창하듯이 길게 외치면서 일단 안방까지 들어오는 데 성공한 권 씨의 아이들은 끼니때가 되어도 막무가내로 버티면서 문간방으로 돌아가지 않는 적이 자주 있게 되었다. 문간방의 사정이 심상치 않다는 징조였다. 그렇다고 권 씨

kicking Kwŏn's butt and he was kicking mine.

My wife suddenly began showing an interest in Kwŏn and his family. More specifically, it was an interest in his wife's abdomen, which looked as though it would burst at any moment. From the way my wife talked, I gathered the two of them had contact during the day when Kwŏn and I were out. Kwŏn's wife didn't even know her own due date, my wife giggled. When she had kidded her about this, the other woman had casually replied that it didn't matter. When the time came she would go into labor and give birth—the result would be the same.

Kwŏn hadn't found a job yet. But even without regular employment, come morning he would put on his work clothes and leave the house. I figured that since he didn't have a trade, he was still doing casual labor at construction sites, though he hardly had the strength for it. His two children still made their way into our family room after a lengthy chorus of "Come on, Tong-jun, let's play!" But now they often stood their ground there instead of returning to their mother, even at mealtime. Here was a sign that the situation in the room beside the gate had become serious. Even so, neither Kwŏn nor his wife

나 권 씨 부인이 우리에게 터놓고 도움을 청한 적은 한 번도 없었다. 다만 우리로 하여금 그런 꼴을 목격하고도 도울 마음을 먹지 않으면 도무지 인간이 아니게시리 상황을 최악의 선까지 잠자코 몰고 갈 뿐이었다. 애당초 이 순경이 기대했던 그대로 산타클로스 비슷한 꼴이 되어 쌀이나 연탄 따위를 슬그머니 문간방 부엌에 넣어 주고 온 날 저녁이면 아내는 분하고 억울해서 밥도 제대로 못 먹었다. 임부나 철부지 애들을 생각한다면 그까짓 알량한 선심쯤 아무렇지도 않다는 주장이었다. 하지만 제게 딸린 처자식조차 변변히 건사 못하는 한 얼간이 사내한테까지 자기 선심의 일부나마 미칠 일을 생각하면 괘씸해서 잠이 안 올 지경이라고 생병을 앓았다. 권 씨가 여간내기 아니라고 속삭이던 게 엊그제인 걸 벌써 잊고 아내는 셋방 잘못 내줬다고 두고두고 자탄하는 것이었다.

남편이 여전히 벌이가 시원찮은 상태에서 권 씨 부인은 어언 해산의 날을 맞게 되었다. 진통이 시작된 지 꽤 오래 되는 모양이었다. 아내의 귀띔으로는 점심 무렵이 지나서부터 그런다고 했다. 학교에서 돌아와 저녁을 먹다가 나는 문간방에서 울리는 괴상한 소리를 들었다. 처음에는 되게 몸살을 하듯이 끙끙 앓는 소리로 시작되었다. 그러

had ever opened up to us and asked for assistance. If we hadn't made up our minds to help them after witnessing the shape they were in, who knows how far they would have been driven in their wretched circumstances? Just as Yi the policeman had predicted, I began stealing into their kitchen like Santa Claus and leaving them coal, rice, and such. Whenever I did this my wife was so outraged, felt so victimized, she couldn't finish her supper. When she thought about the expectant mother and her helpless little children she insisted that this was the least we could do. But when she realized some of this goodwill of hers might extend to an idiotic fellow who couldn't even provide a decent living for his wife and children, she got so worked up she had a hard time sleeping. She had already forgotten having whispered to me only a couple of nights before that Kwŏn was "something else entirely," and now she complained to herself over and over about renting the room to him.

Kwŏn's income was as meager as ever, and in no time his wife had reached term. One day I returned from school and my wife whispered to me that the woman had gone into labor sometime after lunch. Then at supper we heard an unfamiliar sound from

다가 느닷없이 몸의 어딘가에 깊숙이 칼이라도 받는 양 한 차례 처절하게 부르짖고는 이내 도로 잠잠해지곤 하면서 이러기를 몇 번이고 되풀이하는 것이었다. 나로서는 그것이 방을 세 내준 이후로 처음 듣는 권 씨 부인의 목소리였다.

"당신이 한번 권 씰 설득해 보세요. 제가 서너 번 얘길 했는데두 무슨 남자가 실실 웃기만 하믄서 그저 염려 없다구만 그러네요."

병원 얘기였다.

"권 씨가 거절하는 게 아니고 돈이 거절하는 거겠지."

아내는 진즉부터 해산 준비가 전혀 되어 있지 않음을 더러는 흉보고 또 더러는 우려해 왔었다.

"남산만이나 한 배를 갖구서 요즘 세상에 그래 앨 집에서, 그것도 산모 혼잣힘으로 낳겠다니, 아무래두 꼭 무슨 일이 터질 것만 같애요. 달이 다 차도록 기저귀감 하나 장만 않는 여편네나 조산원 하나 부를 돈도 마련이 없는 사내나 어쩜 그리 짝짜꿍인지!"

서둘러 식사를 끝내고 나서 나는 권 씨를 마당으로 불러냈다. 듣던 대로 권 씨는 대뜸 아무 염려 말라면서 실실 웃었다. 마치 곤경에 빠진 나를 극진히 위로해 주는 투였다.

the room beside the gate. First Kwŏn's wife groaned like someone with the flu, and then, as if a dagger had penetrated deep inside her, she produced a sudden, heartrending cry that soon trailed off. She did this several times. It was the first time I had heard her voice.

My wife thought it was time to get Kwŏn's wife to the hospital. "Can you talk some sense into him, dear? I tried several times, and he's just impossible! All he did was smirk and tell me not to worry."

"It's not Kwŏn that's refusing—it's their lack of money," I responded.

For some time now my wife had been half critical and half worried about their failure to prepare for the delivery. "A woman with a stomach as big as a mountain having a baby at home in this day and age, and doing it all by herself—the more I think about it, the more I think something bad's going to happen. A fellow who doesn't even have the money for a midwife, and a woman who's nine months pregnant and hasn't bought a single diaper—what a pair!"

I hurried through the rest of my supper and called Kwŏn out to the yard. Just as my wife had said, Kwŏn immediately began smirking and telling me

"둘째 때도 마누라 혼자서 거뜬히 해치웠거든요."

"우리가 염려하는 건 권 선생네가 아니라 바로 우리를 위해서요. 물론 그럴 리야 없겠지만 만의 일이라도 일이 잘못될 경우 난 권 선생을 원망하겠소."

작자가 정도 이상으로 느물거린다 싶어 나는 엔간히 모진 소리를 남기고는 방으로 들어와 버렸다. 정히나 어려우면 분만비를 빌려줄 수도 있음을 넌지시 비쳤는데도 작자가 끝내 거절한 것은, 까짓것 변두리 병원에서 얼마 들지도 않을 비용을 빌려 쓴 다음 나중에 갚는 그 알량한 수고를 겁낸 나머지 두 목숨을 건 모험 쪽을 택한 계산속일 거라고 나는 단정해 버렸다.

그러나 한결같은 상태로 자정을 넘기고 나더니 사정이 달라졌다. 경산치고는 진통이 너무 길고 악착스러운 데 겁이 났던지 권 씨는 통금이 해제되기도 전에 부인을 업고 비탈길을 내려가느라고 한바탕 북새를 떨었다. 북이 북채 위에 업힌 모양으로 권 씨 내외가 우리 집 문간방을 빠져나가는 걸 보는 것만으로도 한 근심 더는 기분이었다. 미역근이나 사 놓고 기다리다가 소식이 오면 병원에 가 보라고 아내에게 이르고는 출근했다.

오후 수업이 시작된 바로 뒤에 뜻밖에도 권 씨가 나를

not to worry. You might have thought from his tone that he was the one who was trying to comfort someone in a fix.

"She had the second one by herself and did a beautiful job."

"It's not your family we're worrying about, but ourselves. I'm not saying something'll go wrong, but if it does I'll hold you accountable."

Leaving him with these harsh words, I disappeared inside. What a calculating guy, I told myself. I had discreetly offered to lend him the piddling cost of a delivery at the local clinic, but he had turned me down. I had to conclude that he chose to risk two lives rather than going to the trouble, such as it was, of repaying a trivial debt.

But when midnight passed with Kwŏn's wife in the same condition, the situation changed. Women who weren't first-time mothers didn't have labors that long and relentless. This must have scared Kwŏn, because he left carrying his wife on his back and scurried down the steep slope from our house before the end of curfew. It took a load off our minds to see Kwŏn and his wife stealing out of the room beside the gate. The two of them looked like a drum riding on a pair of drumsticks. Before leav-

찾아왔다. 때마침 나는 수업이 없어 교무실에서 잡담이나 하고 있는 중이어서 수위로부터 연락을 받자 곧장 학교 정문으로 나갈 수가 있었다.

"바쁘실 텐데 이거 죄송합니다."

권 씨는 애써 웃는 낯이었고 왠지 사람이 전에 없이 퍽 수줍어 보였다. 나는 그 수줍음이 세 번째 아이의 아버지가 된 데서 오는 것일 거라고 좋은 쪽으로만 해석함으로써 연락을 받는 그 순간에 느낀 불길한 예감을 떨쳐 버리려 했다.

"잘됐습니까?"

"뒤늦게나마 오 선생 말씀대로 했기 망정이지 끝까지 집에서 버텼다간 큰일 날 뻔했습니다. 녀석인지 년인진 모르겠지만 못난 애비 혼 좀 나라고 여엉 애를 멕이는군요."

권 씨는 수줍게 웃으며 길바닥 위에다 발부리로 뜻 모를 글씬지 그림인지를 자꾸만 그렸다. 먼지가 풀풀 이는 언덕길을 터벌터벌 올라왔을 터인데도 그의 구두는 놀랄 만큼 반짝거렸다. 나를 기다리는 동안 틀림없이 바짓가랑이 뒤쪽에다 양쪽 발을 번갈아 가며 문지르고 있었을 것이었다.

ing for school the next morning I asked my wife to buy some seaweed for soup for the new mother, and then go to the hospital when word of the delivery arrived.

That afternoon Kwŏn came looking for me at school. A class had just started, but I happened to be free that period and was chatting in the teachers' room, so I was able to meet Kwŏn at the front gate as soon as the custodian informed me I had a visitor.

"I'm sorry about this—I know you're busy."

Kwŏn tried to keep a smile on his face but I had never seen him so self-conscious. I interpreted this in a good light: he must have just become a father for the third time. I tried to dismiss the ominous feeling that had come over me the moment the custodian notified me.

"Did everything turn out all right?"

"You know, it's a good thing I listened to you. It would've been a disaster if I'd kept her at home. I don't know whether it's a boy or a girl but it seems like the kid's giving me a hard time in order to teach me a lesson."

He was still smiling self-consciously. His toe was busy in the dirt drawing some word or picture I

"십만 원 가까이 빌릴 수 없을까요!"

밑도 끝도 없이 그는 이제까지의 수줍음이 싹 가시고 대신 도발적인 감정 같은 걸로 그득 채워진 얼굴을 들어 내 면전에 대고 부르짖었다. 담배 한 대만 꾸자는 식으로 십만 원 소리가 허망히도 나왔다. 내가 잠시 어리둥절해 있는 사이에 그는 매우 사나운 기세로 말을 보태는 것이었다.

"수술을 해야 된답니다. 엑스레이도 찍어 봤는데 아무 이상이 없답니다. 모든 게 다 정상이래요. 모체 골반두 넉넉허구요. 조기 파수도 아니고 전치 태반도 아니구요. 쌍둥이는 더더욱 아니구요. 이렇게 정상적인데도 이십사 시간이 넘두룩 배가 위에 달라붙는 경우는 태아가 돌아가 탯줄을 목에 감았을 때뿐이랍니다. 제기랄, 탯줄을 목에 감았다는군요. 빨리 손을 쓰지 않으면 산모나 태아나 모두 위험하대요."

어색하게 들린 것은 그가 '제기랄'이라고 씹어뱉은 그 대목뿐이었다. 평상시의 권 씨답지 않은 그 말만 빼고는 그럴 수 없이 진지한 이야기였다. 아니다. 그가 처음으로 점잖지 못한 그 말을 사용했기 때문에 내 귀엔 더욱더 진지하게 들렸을지도 모른다. 나는 한동안 망설이지 않을

couldn't decipher. His shoes were astonishingly shiny considering he had just trudged up a dusty hill to get to the school. No doubt he had been wiping his shoes against his pants legs while waiting for me.

"Could you lend me a hundred thousand *wŏn* or so?" he blurted right in my face.

His self-consciousness abruptly vanished and a provocative expression filled his upturned face. He had tried to sound as nonchalant as if he were bumming a cigarette. But then while I was trying to recover my powers of speech his tone turned furious.

"They say she has to have a Caesarean. They X-rayed her and at first they didn't find any complications. Her cervix is wide open. Her water didn't break early, and the fetus was in the right position. And it's not twins. So everything's like it's supposed to be, except she's been in labor more than twenty-four hours. The doctor said that in a case like that there's only one possibility: the baby hasn't dropped because it's turned inside the uterus and got the cord wrapped around its neck. And shit—that's exactly what happened! If the doctor doesn't do something soon, they're both in trouble."

수 없었다. 그의 진지함 앞에서 '아아, 그거 참 안됐군요' 라든가 '그래서 어떡하죠' 하는 상투적인 말로 선불리 이쪽의 감정을 전달하기엔 사실 말이지 '십만 원 가까이'는 내게 너무나 큰 부담이었다. 집을 살 때 학교에다 진 빚을 아직 절반도 못 가린 처지였다. 정상 분만비 일이만 원 정도라면 또 모르지만 단순히 권 씨를 도울 작정으로 나로서는 거금에 해당하는 십만 원 가까이를 또 빚진다는 건 무리도 이만저만이 아니었다. 뿐만 아니라 집안에서 경제권을 장악하고 있는 아내의 양해도 없이 멋대로 그런 큰 일을 저질러도 괜찮을 만큼 나는 자유롭지도 못했다.

"빌려만 주신다면 무슨 짓을, 정말 무슨 짓을 해서라도 반드시 갚겠습니다."

반드시 갚는 조건임을 강조하면서 그는 마치 성경책 위에다 오른손을 얹고 말하듯이 엄숙한 표정을 했다. 하마터면 나는 잊을 뻔했다. 그가 적시에 일깨워 주었기 망정이지 안 그랬더라면 빌려 주는 어려움에만 골똘한 나머지 빌려 줬다 나중에 돌려받는 어려움이 더 클 거라는 사실은 생각도 못할 뻔했다. 그렇다. 끼니조차 감당 못하는 주제에 막벌이 아니면 어쩌다 간간이 얻어 걸리는 출판사 싸구려 번역 일 가지고 어느 해가에 빚을 갚을 것인가. 책

The thing that made me ill at ease was the exclamation "Shit!" This word was so uncharacteristic of Kwŏn, but otherwise his explanation was sincere. Or perhaps it sounded much more sincere because of this vulgarity, which I had never heard him use before.

I couldn't give him a ready answer. His request for "a hundred thousand *wŏn* or so" was too serious to allow me to convey my sentiments through such tactless, banal expressions as "Oh, that's too bad" or "I really don't know what to say." On the other hand, I still had to pay off more than half of the loan I had taken out from my school to help pay for our house. He wasn't talking about ten or twenty thousand *wŏn*—the cost of a normal delivery—and to lend him the huge sum of a hundred thousand or so was simply more than I could handle. And I couldn't go ahead with such a big undertaking without my wife's knowledge, because she was the one who controlled the family purse strings.

"If you can lend me the money I'll do whatever I have to do to pay you back—whatever I have to do," Kwŏn said. He looked as solemn as if he were swearing on a Bible.

It was a good thing he reminded me. Otherwise it

임이 따르는 동정은 피하는 게 상책이었다. 그리고 기왕 피할 바엔 저쪽에서 감히 두말을 못 하도록 야멸차게 굴 필요가 있었다.

"병원 이름이 뭐죠?"

"원산부인괍니다."

"지금 내 형편에 현금은 어렵군요. 원장한테 바로 전화 걸어서 내가 보증을 서마고 약속할 테니까 권 선생도 다시 한번 매달려 보세요. 의사도 사람인데 설마 사람을 생으로 죽게야 하겠습니까. 달리 변통할 구멍이 없으시다면 그렇게 해 보세요."

내 대답이 지나치게 더디 나올 때 이미 눈치를 챈 모양이었다. 도전적이던 기색이 슬그머니 죽으면서 그의 착하디착한 눈에 다시 수줍음이 돌아왔다. 그는 고개를 좌우로 흔들어 보였다.

"원장이 어리석은 사람이길 바라고 거기다 희망을 걸기엔 너무 늦었습니다. 그 사람은 나한테서 수술 비용을 받아 내기가 수월치 않다는 걸 입원시키는 그 순간에 벌써 알아차렸어요."

얼굴에 흐르는 진땀을 훔치는 대신 그는 오른발을 들어 왼쪽 바짓가랑이 뒤에다 두어 번 문질렀다. 발을 바꾸어

might never have occurred to me that getting the money back from him would be more difficult than finding the money to lend him. How was he going to pay me back doing casual labor or some occasional, low-paying translation work for a publisher, when he couldn't even feed his family? So for me the best thing was to avoid lending him the money out of sympathy. And therefore I had to speak harshly to prevent him from raising objections.

"Where is she?"

"The Wŏn Gynecological Clinic."

"I doubt if I could come up with the cash right this minute. Why don't you try the doctor at the clinic again? I'll call him right now and tell him I'll vouch for you. Doctors are decent people—they wouldn't let someone die. If that's your only way out, give it a try."

Because my response was too slow in coming, Kwŏn seemed to have been expecting this. His aggressive countenance softened and the self-consciousness returned to those fine eyes of his. He shook his head.

"It's too late—he'd never accept just a promise. From the moment we walked in the door he knew it wouldn't be easy to collect payment from me."

같은 동작을 반복했다.

"바쁘실 텐데 실례 많았습니다."

'썰면'처럼 두툼한 입술이 선잠에서 깬 어린애같이 움씰거리더니 겨우 인사말이 나왔다. 무슨 말이 더 있을 듯싶었는데 그는 이내 돌아서서 휘적휘적 걷기 시작했다. 나는 내심 그 입에서 끈끈한 가래가 묻은 소리가, 이를테면, 오 선생 너무하다든가 잘 먹고 잘 살라든가 하는 말이 날아와 내 이마에 탁 늘어붙는 순간에 대비하고 있었는지도 모른다. 그래서 그가 갑자기 돌아서면서 나를 똑바로 올려다봤을 때 그처럼 흠칫 놀랐을 것이다.

"오 선생, 이래봬도 나 대학 나온 사람이오."

그것뿐이었다. 내 호주머니에 촌지를 밀어 넣던 어느 학부형같이 그는 수줍게 그 말만 건네고는 언덕을 내려갔다. 별로 휘청거릴 것도 없는 작달막한 체구를 연방 휘청거리면서 내딛는 한걸음 한걸음마다 땅을 저주하고 하늘을 저주하는 동작으로 내 눈에 그는 비쳤다. 산고팽이를 돌아 그의 모습이 벌거벗은 황토의 언덕 저쪽으로 사라지는 찰나, 나는 뛰어가서 그를 부르고 싶은 충동을 느꼈다. 돌팔매질을 하다 말고 뒤집혀진 삼륜차로 달려들어 아귀아귀 참외를 깨물어 먹는 군중을 목격했을 당시의 권 씨

Kwŏn was sweating nervously, but instead of wiping his face he lifted his right foot and wiped the shoe a couple of times against the bottom of his left pants leg. Then he repeated the movement with the other shoe.

"It really was rude of me to bother you when you're busy," he said with difficulty. His "Mr. Slice" lips twitched like those of a baby waking from a shallow sleep.

I thought he would say more, but he quickly turned and began to walk away, his arms swinging. Perhaps I was anticipating the moment he would say in a choking voice from deep inside, "Thank you, Mr. O. Now you go home and have a good meal and live well the rest of your life," or some such thing. I expected the words to fly out of his mouth and stun me. And so I flinched when he abruptly turned back and looked straight up at me.

But this was all he said: "I may not look like much, Mr. O, but I'm a college graduate!"

He spoke self-consciously, as a student's parent might do while thrusting a small gratuity in my pocket.

You wouldn't have thought that the arms on that short frame could swing as they did. With every

처럼, 이건 완전히 나체구나 하는 느낌이 팍 들었다. 그리고 내가 그에게 암만의 빚을 지고 있음을 퍼뜩 깨달았다. 전셋돈도 일종의 빚이라면 빚이었다. 왜 더 좀 일찍이 그 생각을 못했는지 모른다.

원산부인과에서는 만단의 수술 준비를 갖추고 보증금이 도착되기만을 기다리고 있었다. 학교에서 우격다짐으로 후려낸 가불에다 가까운 동료들 주머니를 닥치는 대로 떨어 간신히 마련한 일금 십만 원을 건네자 금테의 마비츠 안경을 쓴 원장이 바로 마취사를 부르도록 간호원에게 지시했다. 원장은 내가 권 씨하고 아무 척분도 없으며 다만 그의 셋방 주인일 따름인 걸 알고는 혀를 찼다.

"아버지 되는 방법도 여러 질이군요. 보증금을 마련해 오랬더니 오전 중에 나가서는 여태껏 얼굴 한번 안 비치지 뭡니까."

"맞습니다. 의사가 애를 꺼내는 방법도 여러 질이듯이 아버지 노릇 하는 것도 아마 여러 질일 겁니다."

나는 내 말이 제발 의사의 귀에 농담으로 들리지 않기를 바랐으나 유감스럽게도 금테 안경의 상대방은 한 차례의 너털웃음으로 그걸 간단히 눙쳐 버렸다. 나는 이미 죽은 게 아닌가 싶게 사색이 완연한 권 씨 부인이 들것에 실

step down the hill he seemed to be cursing the earth and the sky. At the moment he disappeared around a bend in the bare loess hill, I was seized with an urge to run after him and call him back. This too is human nature at its most naked, I felt. It was just like when Kwŏn had seen the people in the housing development suddenly stop throwing rocks and run to the overturned three-wheeler to devour the melons. And then it occurred to me that I was indebted to Kwŏn to a certain extent—that is, if I were to consider his rental deposit as a kind of debt. Why hadn't I thought of that earlier?

At the clinic everything was ready for the operation; all that was missing was the deposit. By weaseling an advance on my salary from the school and emptying the pockets of my closest friends among the teachers I'd barely managed to come up with the one hundred thousand *wŏn*. As soon as I handed it to the doctor he ordered the nurse to bring in the anesthesiologist. When the doctor learned I wasn't a close relative of Kwŏn but only his landlord, he tsk-tsked.

"You get all types of people for fathers. I sent him out for the deposit this morning and haven't seen him since. Can you believe it?"

려 수술실로 들어가는 걸 거들었다.

생명을 꺼내고 그 생명을 수용했던 다른 생명까지 암냥해서 건지는 요란한 수술치곤 너무도 쉽게 끝났다. 보호자 대기석에 앉아서 우리 집 동준이 놈을 얻을 때처럼 줄담배질로 네 댄가 다섯 대째 불을 붙이고 나니까 울음소리가 들렸다.

"고추예요, 고추!"

수술을 돕던 원장 부인이 나오면서 처음 울음을 듣는 순간에 내가 점쳤던 결과를 큰 소리로 확인해 주었다. 진짜 보호자를 상대하듯이 원장 부인이 내게 축하를 보내왔으므로 나 역시 진짜 보호자 입장에서 수고를 치하하지 않을 수 없었다. 잠시 후에 나는 강보에 싸여 밖으로 나오는 권기용 씨의 차남을 대면할 수 있었다. 제 어미 배를 가르고 나온 놈답지 않게 얼굴이 두툼한 것이 속없이 잘도 생겼다. 제왕절개라는 말이 풍기는 선입감에 딱 어울리게시리 목청이 크고 우렁찼다. 병원 건물을 온통 들었다 놓는 억세디억센 놈의 울음소리를 듣는 동안 나는 동준이 놈을 낳던 날의 감격 속으로 고스란히 빠져들어 갔다.

우리 집에 강도가 든 것은 공교롭게도 그날 밤이었다. 난생처음 당해 보는 강도였다. 자꾸만 누군가 내 어깨를

"Sure, just like there are all kinds of ways to deliver babies, there are all types of people fathering children."

I prayed that the doctor in his gold-rimmed spectacles would get the point, but unfortunately he chose to take it as a joke and broke into a laugh. So much for my attempt to be serious.

I helped wheel Kwŏn's wife into the operating room. If she wasn't already dead, she certainly looked it.

For an operation that extracted one life and saved the other life that had kept the first one going, it was over all too quickly. I sat in the waiting room and chain-smoked half a dozen cigarettes, as I had the day our little Tong-jun was born. Finally I heard the baby crying.

"It's a pepper, a little pepper!" the nurse cried out.

The doctor's wife had assisted with the operation, and as she emerged from the operating room she asked me in a loud voice if I'd guessed from the first cry that it was a boy. Then she congratulated me as if I were the father. I had no choice but to play along and praise her for her efforts. A moment later I looked into the face of Kwŏn Ki-yong's new boy, all swaddled. His plump, handsome face

흔들어 대고 있었다. 귀찮다고 뿌리쳐도 잠자코 계속 흔들었다. 나를 깨우려는 손의 감촉이 내 식구의 그것이 아님을 퍼뜩 깨닫고 눈을 떴을 때 나는 빨간 꼬마전구 불빛 속에서 복면의 사내를 보았다. 그리고 똑바로 내 멱을 겨누고 있는 식칼의 서슬도 보았다. 술 냄새가 확 풍겼다. 조명 빛깔을 감안해서 붉은빛을 띤 검정 계통의 보자기일 복면 위로 드러난 코의 일부와 눈자위가 나우 취해 있음을 나는 재빨리 간파했다.

"일어나, 얼른 일어나라니까."

나 외엔 더 깨우고 싶지 않은지 강도의 목소리는 무척 낮고 조심스러웠다. 나는 일어나고 싶었지만 도무지 일어날 수가 없었다. 멱을 겨눈 식칼이 덜덜덜 위아래로 춤을 추었다. 만약 강도가 내 목통이라도 찌르게 된다면 그것은 고의에서가 아니라 지나친 떨림으로 인한 우발적인 상해일 것이었다. 무척 모자라는 강도였다. 나는 복면 위의 눈을 보는 순간에 상대가 그 방면의 전문가가 못 됨을 금방 알아차렸던 것이다. 딴에 진탕 마신 술로 한껏 용기를 돋웠을 텐데도 보기 좋을 만큼 큰 눈이 착하게만 타고난 제 천성을 어쩌지 못한 채 나를 퍽 두려워하고 있었다. 술로 간을 키우지 않고는 남의 집 담을 못 넘을 정도라면 강력

betrayed his obliviousness to the Caesarean section his mom had just undergone. His voice was loud and resonant, quite in keeping with my initial impression of the man for whom this medical procedure was named. As I listened to this rugged little fellow cry as though he would lift the building off its foundation, I settled comfortably into the deep emotions of the day our own boy was born.

It was the most peculiar coincidence that we had a burglar that very night. I'd never before had such an experience. In my sleep I felt someone shaking my shoulder. I tried to brush the annoying hand away but the silent movement continued. Realizing with a start that it wasn't my wife trying to wake me, I opened my eyes and there in the red glow of the nightlight was a masked man—and the gleaming blade of a kitchen knife pointed right at my neck. The man reeked of liquor. The nightlight tinged the dark shade of the mask with red, and from the eyes and the bit of nose exposed above the cloth mask I could detect the man's considerable drunkenness.

"Get up. Quick, I said get up."

The burglar spoke in a low, measured tone, not wanting to wake anyone. I wanted to get up, but how? The kitchen knife pointed at my throat was

범행을 도모하는 사람으로서는 처음부터 미역국이었다.

"일어날 테니까 칼을 약간만 뒤로 물려 주시오."

강도는 내가 시키는 대로 했다.

"내놔, 얼른 내노라니까."

내가 다 일어나 앉기를 기다려 강도가 속삭였다.

"하라는 대로 하죠. 허지만 당신도 내가 하라는 대로 해야만 일이 수월할 거요."

잔뜩 의심을 품고 쏘아보는 강도를 향해 나는 덧붙여 말했다.

"집 안에 현금은 변변찮소. 화장대 위에 돼지 저금통하고 장롱 서랍 속에 아마 마누라가 쓰다 남은 돈이 약간 있을 거요. 그 밖에 돈이 될 만한 건 당신이 알아서 챙겨 가시오."

강도가 더욱 의심을 두고 경거히 움직이려 하지 않았으므로 나는 시험 삼아 조금 신경질을 부려 보았다.

"마누라가 깨서 한바탕 소동을 벌여야만 시원하겠소? 난처해지기 전에 나를 믿고 일러 주는 대로 하는 게 당신한테 이로울 거요."

한 차례 길게 심호흡을 뽑은 다음 강도는 마침내 결심을 했다는 듯이 이부자리를 돌아 화장대 쪽으로 향했다.

dancing up and down. If the burglar happened to stick me in the neck, the wound would be the accidental result of his excessive trembling. This was a burglar without much experience. The moment I saw his eyes, I realized he wasn't a specialist in this area. Despite all his dutch courage, those large, attractive eyes couldn't hide his inherent decency—or his fear of me. If he hadn't become potvaliant and climbed the wall of our house, he would have flunked his course in felonies from the start.

"I'll be happy to get up if you'll just pull that knife back a little."

The burglar did as I asked.

"Give me what you've got—quick," he whispered while waiting for me to sit up.

"Anything you say. But it'll be easier if you do as I say too."

The burglar shot me a doubtful look.

"There's not much money in the house," I added. "There's a piggy bank on the bureau, and my wife might have some spending money left—it's in the drawer at the bottom of the cabinet. If you can find anything else, help yourself."

The burglar looked even more dubious and didn't seem to want to act rashly, so I decided to test him

얌전히 구두까지 벗고 양말 바람으로 들어온 강도의 발을 나는 그때 비로소 볼 수 있었다. 내가 그렇게 염려를 했는데도 강도는 와들와들 떨리는 다리를 옮기다가 그만 부주의하게 동준이의 발을 밟은 모양이었다. 동준이가 갑자기 칭얼거리자 그는 질겁을 하고 엎드리더니 녀석의 어깨를 토닥거리는 것이었다. 녀석이 도로 잠들기를 기다려 그는 복면 위로 칙칙하게 땀이 밴 얼굴을 들고 일어나서 내 위치를 흘끔 확인한 다음 본격적인 작업에 들어갔다. 터지려는 웃음을 꾹 참은 채 강도의 애교스런 행각을 시종 주목하고 있던 나는 살그머니 상체를 움직여 동준이를 잠재울 때 이부자리 위에 떨어뜨린 식칼을 집어 들었다.

"연장을 이렇게 함부로 굴리는 걸 보니 당신 경력이 얼마나 되는지 알 만합니다."

내가 내미는 칼을 보고 그는 기절할 만큼 놀랐다. 나는 사람 좋게 웃어 보이면서 칼을 받아 가라는 눈짓을 보였다. 그는 겁에 질려 잠시 망설이다가 내 재촉을 받고 후닥닥 달려들어 칼자루를 낚아채가지고는 다시 내 멱을 겨누었다. 그가 고의로 사람을 찌를 만한 위인이 못 되는 줄 일찍이 간파했기 때문에 나는 칼을 되돌려 준 걸 조금도 후회하지 않았다. 아니나 다를까, 그는 식칼을 옆구리 쪽

by pretending to be irritated.

"Would you prefer to see my wife get up and scream bloody murder? For your own good you'd better trust me and do as I say."

The man drew a deep breath and finally started around our bedding toward the bureau. I noticed that this burglar was polite enough to have removed his shoes. He stumbled, and wouldn't you know it, he must have stepped on Tong-jun. The boy whimpered, and the burglar flinched, then hunched over and patted him on the shoulder. The man waited until the little fellow was asleep again. Then he rose, glanced at me to make sure I had stayed put, and got down to the job at hand. I noticed his face was sticky with sweat. Suppressing an urge to burst into laughter as I observed the charming movements of the burglar, I slowly sat up and retrieved the knife he had dropped on our bedding while putting Tong-jun back to sleep.

"I think I've got an idea how long you've been in this business," I said, offering him his weapon.

I thought he would faint from the shock. I gave him a friendly smile and gestured for him to take it. After hesitating a moment he lunged toward me, snatched the knife, and once more pointed it at my

허리띠에 차더니만 몹시 자존심이 상한 표정이 되었다.

"도둑맞을 물건 하나 제대로 없는 주제에 이죽거리긴!"

"그래서 경험 많은 친구들은 우리 집을 거들떠도 안 보고 그냥 지나치죠."

"누군 뭐 들어오고 싶어서 들어왔나? 피치 못할 사정 땜에 어쩔 수 없이……."

나는 강도를 안심시켜 편안한 맘으로 돌아가게 만들 절호의 기회라고 판단했다.

"그 피치 못할 사정이란 게 대개 그렇습니다. 가령 식구 중에 누군가가 몹시 아프다든가 빚에 몰려서……."

그 순간 강도의 눈이 의심의 빛으로 가득 찼다. 분개한 나머지 이가 딱딱 마주칠 정도로 떨면서 그는 대청마루를 향해 나갔다. 내 옆을 지나쳐 갈 때 그의 몸에서는 역겨울 만큼 술 냄새가 확 풍겼다. 그가 허둥지둥 끌어안고 나가는 건 틀림없이 갈기갈기 찢어진 한줌의 자존심일 것이었다. 애당초 의도했던 바와는 달리 내 방법이 결국 그를 편안케 하긴커녕 외려 더욱더 낭패케 만들었음을 깨닫고 나는 그의 등을 향해 말했다.

"어렵다고 꼭 외로우란 법은 없어요. 혹 누가 압니까, 당신도 모르는 사이에 당신을 아끼는 어떤 이웃이 당신의

throat. Having discovered that our man was not the sort to stab someone on purpose, I had no second thoughts about returning the knife. Sure enough, he merely stuck it in his belt. His pride had been deeply wounded.

"All this talk of yours and there's nothing worth stealing here."

"That's why our friendly neighborhood thieves have given up on us."

"You think I wanted to do this? I was driven to it by circumstances—I couldn't help it."

I decided that here was a splendid opportunity to set his mind at ease.

"That's usually the way it is. Someone in your family has a serious illness, or you get in over your head in debt..."

The burglar's eyes immediately filled with suspicion. He retreated to the veranda, trembling in outrage to the point that his teeth clattered. The smell of liquor that he left in his wake was enough to make me sick. It was clear to me that all he embraced in his hurried departure were the shreds of his pride. So, far from calming him, my approach had only frustrated him all the more.

"There's no law that says you have to go it alone

어려움을 덜어 주었을지?”

“개수작 마! 그 따위 이웃은 없다는 걸 난 똑똑히 봤어! 난 이제 아무도 안 믿어!”

그는 현관에 벗어 놓은 구두를 신고 있었다. 그 구두를 보기 위해 전등을 켜고 싶은 충동이 불현듯 일었으나 나는 꾹 눌러 참았다. 현관문을 열고 마당으로 내려선 다음 부주의하게도 그는 식칼을 들고 왔던 자기 본분을 망각하고 엉겁결에 문간방으로 들어가려 했다. 그의 실수를 지적하는 일은 훗날을 위해 나로서는 부득이한 조처였다.

“대문은 저쪽입니다.”

문간방 부엌 앞에서 한동안 망연해 있다가 이윽고 그는 대문 쪽을 향해 느릿느릿 걷기 시작했다. 비틀비틀 걷기 시작했다. 대문에 다다르자 그는 상체를 뒤틀어 이쪽을 보았다.

“이래봬도 나 대학까지 나온 사람이오.”

누가 뭐라고 그랬나. 느닷없이 그는 자기 학력을 밝히더니만 대문을 열고는 보안등 하나 없는 칠흑의 어둠 저편으로 자진해서 삼켜져 버렸다.

나는 대문을 잠그지 않았다. 그냥 지쳐 놓기만 하고 들어오면서 문간방에 들러 권 씨가 아직도 귀가하지 않았음

when you've got troubles," I called out to his back. "Who knows, maybe you have a good neighbor who's already made things easier for you."

"Don't give me that crap! I don't have any neighbors like that—I found that out myself! I don't believe anybody now!"

He put on the shoes he had left at the front door. I got up to follow him, fighting the impulse to turn on the light in order to see the shoes. He opened the front door and stepped down into the yard. Then he apparently forgot he was supposed to be an armed burglar who had broken into our house, because he turned toward the room beside the front gate. To spare him more embarrassment in the future, I had to point out his mistake.

"The front gate's over there."

He stopped for a moment before the kitchen, then slowly began walking toward the gate. He began staggering. When he reached the gate he looked back at me.

"I may not look like much, but I'm a college graduate!"

Who said you weren't? I asked myself. After this unexpected revelation about his college background the man opened the gate and was swallowed up in

과 깜깜한 방 안에 어미 아비 없이 오뉘만이 새우잠을 자고 있음을 아울러 확인하고 나왔다. 아내가 잠옷 바람으로 팔짱을 끼고 현관 앞에 서 있었다.

"무슨 일이라도 있었어요?"

"아무것도 아냐."

잃은 물건이 하나도 없다. 돼지 저금통도 화장대 위에 그대로 있다. 아무것도 아닐 수밖에. 다시 잠이 들기 전에 나는 아내에게 수술 보증금을 대납해 준 사실을 비로소 이야기했다. 한참 말이 없다가 아내는 벽 쪽으로 슬그머니 돌아누웠다.

"뗄 염려는 없어, 전셋돈이 있으니까."

"무슨 일이 있었군요?"

아내가 다시 이쪽으로 돌아누웠다. 우리 집에 들어왔던 한 어수룩한 강도에 관해서 나는 끝내 한마디도 내비치지 않았다.

이튿날 아침까지 권 씨는 귀가해 있지 않았다. 출근하는 길에 병원에 들러 보았다. 수술 보증금을 구하러 병원 문밖을 나선 이후로 권 씨가 거기에 재차 발걸음을 한 흔적은 어디에서도 찾아볼 수 없었다.

그 다음 날, 그 다음 다음 날도 권 씨는 귀가하지 않았

pitch darkness.

I closed the gate but didn't lock it. On my way back in I peeked in the room beside the gate and saw that Kwŏn hadn't returned and that his boy and girl were curled up in the darkness without their mommy and daddy. My wife was standing outside the front door in her nightgown, arms folded.

"What's going on?"

"Nothing."

Nothing was missing. Everything was in place on the bureau, including the piggy bank. As I had said, nothing had happened. Before I went back to sleep I told my wife I had paid for the operation. She was silent for a time, then turned toward the wall.

"Don't worry about them running out on us—we've got their deposit."

"Are you sure nothing happened?"

She turned back toward me. To the end I never mentioned to her that a poor excuse for a burglar had entered our house.

Kwŏn hadn't returned by the next morning. I dropped by the clinic on my way to school. He hadn't been seen there since his departure in search of the deposit for the operation. Nor did he return home the next day or the day after that. It was clear

다. 그가 행방불명이 된 것이 이제 분명해졌다. 그리고 본의는 그게 아니었다 해도 결과적으로 내 방법이 매우 졸렬했음도 이제 확연히 밝혀진 셈이었다. 복면 위로 드러난 두 눈을 보고 나는 그가 다름 아닌 권 씨임을 대뜸 알아차릴 수 있었다. 밝은 아침에 술이 깬 권 씨가 전처럼 나를 떳떳이 대할 수 있게 하자면 복면의 사내를 끝까지 강도로 대우하는 그 길뿐이라고 판단했었다. 그래서 아무 일도 없었던 듯이 병원에 찾아가서 죽지 않은 아내와 새로 얻은 세 번째 아이를 만날 수 있게 되기를 기대했던 것이다. 현관에서 그의 구두를 확인해 보지 않은 것이 뒤늦게 후회되었다. 문간방으로 들어가려는 그를 차갑게 일깨워 준 것이 영 마음에 걸렸다. 어떤 근거인지는 몰라도 구두의 손질의 정도에 따라 그의 운명을 예측할 수도 있지 않았을까 하는 생각이 드는 것이었다. 구두코가 유리알처럼 반짝반짝 닦여져 있는 한 자존심은 그 이상으로 광발이 올려져 있었을 것이며, 그러면 나는 안심해도 좋았던 것이다. 그때 그가 만약 마지막이란 걸 염두에 두고 있었다면 새끼들이 자는 방으로 들어가려는 길을 가로막는 그것이 그에게는 대체 무엇으로 느껴졌을 것인가.

아내가 병원을 다니러 가는 편에 아이들을 죄다 딸려

by now that he had left for parts unknown. It was also clear that my approach had been boneheaded, despite my good intentions. Seeing those eyes above the mask, I had known immediately that the burglar was none other than Kwŏn. At the time I'd decided I should treat this masked man as a burglar to the very end so that Kwŏn could save face and be his old self come morning when he was sober. And so I expected him to have been able to visit the clinic as if nothing had happened, to see his wife and third child. I regretted not having caught sight of his shoes at our front door. For some reason I got to thinking that I might have foreseen his fate simply on the basis of how well those shoes had been shined. As long as the toes of his shoes had been polished as bright as a glass bead, his pride would have glowed even more brightly and I could have breathed easy.

My coldhearted reminder as he was about to enter the room beside the gate weighed on my mind. What if he had been thinking that this would be the last time he would see his children? And what then must he have thought of me for blocking his way to the room where his youngsters slept?

My wife decided to visit the clinic. I had the kids

보낸 다음 나는 문간방을 샅샅이 뒤졌다. 방을 내준 후로 밝은 낮에 내부를 둘러보긴 처음인 셈이었다. 이사 올 때 본 그대로 세간이라곤 깔고 덮는 데 쓰이는 것과 쌀을 익혀서 담는 몇 점 도구들이 전부였다. 별다른 이상은 눈에 띄지 않았다. 구태여 꼭 단서가 될 만한 흔적을 찾자면 그것은 구두일 것이었다. 가장 값나가는 세간의 자격으로 장롱 따위가 자리 잡고 있을 때 꼭 그런 자리에 아홉 켤레나 되는 구두들이 사열받는 병정들 모양으로 가지런히 놓여 있었다. 정갈하게 닦인 것이 여섯 켤레, 그리고 먼지를 덮어쓴 게 세 켤레였다. 모두 해서 열 켤레 가운데 마음에 드는 일곱 켤레를 골라 한꺼번에 손질을 해서 매일매일 갈아 신을 한 주일의 소용에 당해 온 모양이었다. 잘 닦여진 일곱 중에서 비어 있는 하나를 생각하던 중 나는 한 켤레의 그 구두가 그렇게 쉽사리 돌아오지 않으리란 걸 알 딸딸하게 깨달았다.

권 씨의 행방불명을 알리지 않으면 안 될 때였다. 내 쪽에서 먼저 전화를 걸기는 그것이 처음이자 마지막이었다. 나는 되도록 침착해지려 노력하면서 내게, 이웃을 사랑하게 될 거라고 누차 장담한 바 있는 이 순경을 전화로 불렀다.

『아홉 켤레의 구두로 남은 사내』, 문학과지성사, 1997(1977)

tag along with her, and while they were out I scoured the room beside the gate. I hadn't been inside it in broad daylight since renting it out to the Kwŏns. As we had discovered when they moved in, their household possessions consisted entirely of their bedding and a few utensils for cooking and eating. Nothing unusual caught my eye. If there was anything that might afford me a clue, it would have to be his shoes. In the very place where the cabinet or a similar piece of furniture should have been—the place for the most valuable household possession—there were nine pairs of shoes lined up like soldiers awaiting inspection. Six pairs were neatly polished; the remainder were covered with dust. All together, then, Kwŏn had owned ten pairs. It seems he would select seven that suited his fancy, shine them all at once, and use them the following week, a different pair each day. While reflecting on the pair missing from the neatly shined group, I was struck by the realization that they would not return soon.

The time came for me to report Kwŏn's disappearance. It would be the first and last time I would notify Yi. I tried to remain as calm as possible while calling the policeman who had assured me time and again that I would one day grow to love my neighbor.

Translated by Bruce and Ju-chan Fulton

해설

Afterword

소시민 계급의 분해와 노동 계급 형성의 사회적 드라마

손정수 (문학평론가)

「아홉 켤레의 구두로 남은 사내」의 배경은 서울 근교 성남이라는 공간이다. 원래 광주(廣州)라는 이름으로 불렸던 이곳은, 한국전쟁 이후 급격한 산업화와 도시화로 인해 서울의 인구가 급증하고 그에 따라 여러 가지 사회적인 문제가 발생하자, 서울의 빈민가를 정비하고 철거민들을 이주시키기 위한 사업의 일환으로 정책적으로 개발된 위성도시였다. 그렇지만 그 개발 초기에 이주민의 입장을 고려하지 않은 행정 당국의 일방적인 관료주의로 인해, 그리고 거기에 부동산 투기 문제까지 겹쳐, 지역 주민 수만 명이 공권력을 해체시킨 채 도시를 점거했던 이른바 '광주 대단지 사건'(1971년 8월 10일)이 발생했던 역사적인

Decomposing Petit Bourgeoisie and the Formation of Labor Class, a Social Drama

Son Jeong-soo (literary critic)

"The Man Who Was Left as Nine Pairs of Shoes" is set in a place called Sŏngnam near Seoul. Previously known as Kwang-ju, Sŏngnam is a satellite city that was strategically developed to relocate the urban poor whose shantytowns in and around Seoul had been bulldozed as one of the measures to address various social ills related to the population explosion in Seoul during the rapid industrialization and urbanization of South Korea after the Korean War. It is also the historic site where the momentous 'Kwangju Megaplex Event' took place on August 10, 1971. Angered by the unilateral action of a government bureaucracy that showed no regard for the

공간이기도 하다. 그 사건의 해결 과정에서 그 문제 지역에 성남시가 생겨났다(1973년 7월 1일). 소설의 등장인물인 오 선생과 권 씨가 가족들과 함께 이곳으로 오게 된 것도, 또 권 씨가 시위 주동자로 구속되어 복역했던 사건도 그와 같은 현실적, 역사적 배경과 맞물려 있다.

학교 교사인 오 선생이나 출판사 직원으로 일했던 권 씨는 모두 소시민 계급에 속하는 인물들인데, 그렇기 때문에 그들은 한편으로 민중들에 대한 이해와 동정의 연대감을 느끼기도 하지만 그 반대로 자신들의 불안정한 위치에서 벗어나 상층 계급으로 진입하려는 강렬한 욕망을 갖고 있기도 한 모순적인 지위에 놓여 있다. 소설 속에서 찰스 램과 찰스 디킨스의 갈등으로 표현된 오 선생의 분열된 의식도 그와 같은 소시민 계급의 모순적 지위에 대응되는 것이며, 공들여 닦은 구두에서 자존심을 확인하면서도 때로는 공권력에 대항하는 민중들의 시위에 앞장을 서는 권 씨의 행동 역시 소시민 계급의 양면적 의식의 산물이라고 할 수 있다. 「아홉 켤레의 구두로 남은 사내」는 오 선생과 권 씨의 관계를 통해 소시민 의식의 실상을 확인하는 한편, 역사적 과정에서 그 의식이 변화해 나가는 행방을 탐구하고 있는 소설이다.

plight of displaced residents, and beleaguered by rampant real estate speculation at the start of urban development, tens of thousands of local residents occupied the city center and dissolved the municipal authorities. Out of the ensuing process to address grievances, the city of Sŏngnam was born on July 1, 1973. It was in this historical context that the families of Mr. O and Mr. Kwŏn, the two main characters in the story, end up moving to this town and Mr. Kwŏn winds up serving a prison sentence as a protest leader.

Both Mr. O, a school-teacher, and Mr. Kwŏn, who used to work for a publishing company, are members of the petty bourgeois intelligentsia, which means they are caught between their empathy for and solidarity with the masses on the one hand and their strong desire to escape their own precarious status and join the upper class on the other. Mr. O's fragmented consciousness, alluded to in the novel through the tension between Charles Lamb and Charles Dickens, is an expression of the self-contradictory class consciousness of the petty bourgeoisie. Likewise, Mr. Kwŏn's occasional actions, such as leading mass protests against the government authorities while taking pride in his meticulously

이 소설은 집주인 오 선생의 시점으로 세입자 권 씨를 관찰하는 방식으로 서술되어 있다. 오 선생이 불안정한 소시민의 처지를 부분적으로 극복하면서 마침내 자신의 집을 마련하는 과정에는 부당하게 억압받는 피지배 계층으로서의 의식을 부정하는 과정이 동반되지 않을 수 없다. 반면 무의식적인 상태에서나마 상승 욕망을 부정하고 피지배 계급에 대한 연대감을 표출했던 권 씨의 경우에는 소시민 계급으로부터 탈락이라는 가혹한 대가를 치르게 된다. 소설 속에서 이 과정은 권 씨가 실직하고, 해산하는 아내를 위한 수술비를 빌리러 오 선생을 찾아갔다가 거절당하고, 그리고 마침내 강도가 되어 오 선생의 방에 침입하는 일련의 사건들을 통해 심각하지 않은 방식으로 표현되어 있다. 이야기는 강도 미수 사건으로 자존심을 크게 훼손당한 권 씨가 공들여 닦던 아홉 켤레의 구두를 남겨둔 채 사라지면서 잠정적으로 마무리되어 있다.

작가 윤흥길은 이 소설 직후에 「직전과 곡선」(1977), 「날개 또는 수갑」(1977), 「창백한 중년」(1977) 등 이 이야기와 연결된 세 편의 단편을 더 발표한 바 있다. 이 이야기들은 사라졌던 권 씨의 이후 행적을 보여 주고 있다. 권 씨의 시점으로 서술되는 「직선과 곡선」에서는 가출한 권

polished shoes, result from the ambivalence inherent in the petty bourgeois attitude toward the masses. "The Man Who Was Left as Nine Pairs of Shoes" confirms the true nature of this class consciousness by examining the relationship between Mr. O and Mr. Kwŏn, and explores the trajectory of its transformation in an unfolding historical context.

The story is narrated from Mr. O's point of view through his observations of Mr. Kwŏn. Partially overcoming his own insecurity about his status as a petty bourgeoisie by becoming a home owner causes Mr. O to deny his own experiences and awareness of the injustice and oppression suffered by the underclass to which he belongs. On the other hand, Mr. Kwŏn, who rejects, even if unconsciously, his own desire for upward mobility and shows his solidarity with the oppressed, ends up paying the steep price of losing his status as a petty bourgeois. In the novel, this process, presented in a casual manner, is manifested as a series of events, from Mr. Kwŏn losing his job and turning to Mr. O for a loan to pay for an operation his wife urgently needs in childbirth, and being denied, to his eventually resorting to robbery and breaking into Mr. O's room. The story comes to a provisional end when Mr. Kwŏn

씨가 단골 술집의 작부 '신 양'과 동반 자살을 시도했다는 사실을 확인할 수 있다. 자살은 미수에 그치고 엿새 만에 다시 집에 돌아온 권 씨가 맨 처음 한 일은 '아홉 켤레의 구두'를 불태우는 것이었다. 그것은 '얼굴에서 잃은 체면을 엉뚱하게 발에서 되찾고자 기를 쓰던 내 병적인 자존심'으로부터, 그러니까 소시민 계급의 허위의식으로부터 벗어나는 상징적인 의식이다. 우연히 한 방직 업체의 사장이 탄 승용차에 치는 사고를 기회로 권 씨는 그 회사에 취직을 하게 되고 이제 의식뿐만 아니라 현실 상황에서도 소시민 계급에서 벗어나 한 사람의 노동자가 되기에 이른다. 「날개 또는 수갑」과 「창백한 중년」에서는 공장에 잡역부로 취직한 권 씨가 한 여공이 해고에 항의하는 소동 중에 한쪽 팔을 잃는 사건을 계기로 노동자로서의 의식을 갖게 되는 일련의 과정을 전지적 시점의 서술을 통해 보여 준다.

이처럼 『아홉 켤레 구두로 남은 사내』 연작은 권 씨를 통해 한 사람의 소시민이 노동자로 전향하는 과정을 보여 주는 작품으로, 그 등장인물은 산업화의 전개로 인해 노동 계급이라는 새로운 사회적 주체를 발생시킨 당시의 한국 사회를 보여 주는 전형적인 인물이라는 점에서 문제성

disappears, leaving behind nine pairs of well-cared-for shoes after his humiliating and failed attempt at robbery.

Right after this novel, the author, Yun Heung-gil, published three follow-up short stories, titled "The Straight Line and the Curved Line," "Wings or Handcuffs," and "Pallid Middle Age." They trace Mr. Kwŏn's footsteps after his disappearance. From "The Straight Line and the Curved Line," narrated from Mr. Kwŏn's viewpoint, we learn that after walking out on his family, Mr. Kwŏn attempts suicide with Miss Shin, a waitress from the bar that he frequents. The attempt fails and Mr. Kwŏn returns home after six days, where his first act is to set the nine pairs of shoes on fire. This symbolic ritual frees Mr. Kwŏn from "my pathological pride that kept me obsessively searching my feet, preposterously, to find the honor stolen from my face"; in other words, it frees him from the false consciousness of the petty bourgeois class. An accident in which a car bearing the CEO of a textile company hits Mr. Kwŏn leads to his employment at that company, which means he no longer belongs to the petty bourgeois class in reality as well as in consciousness but has become an authentic worker. In "Wings or Handcuffs"

을 띠고 있다. 이 연작은 『난장이가 쏘아올린 작은 공』(조세희, 1978)과 더불어 한국 소설에서 노동 계급 형성의 문제를 본격적으로 소설화한 기념비적인 작품으로 평가받는다. 다만 그 작품들이 발표된 1970년대 후반은 그 역사적 과정이 실현되기 시작하는 시점이었기 때문에, 동시대의 현실에 대한 총체적인 인식과 전망은 아직 마련되기 어려운 상황이었다. 『아홉 켤레 구두로 남은 사내』나 『난장이가 쏘아올린 작은 공』이 모두 단편이 연결된 연작 형식을 취하고 있는 것은 그러한 역사적, 사회적 조건과 연관된다고 볼 수 있다. 그런 의미에서 그 작품들은 1980년대 이후 더 본격적으로 전개될 한국 사회의 문제를 징후적으로 형상화하고 있다.

(1977) and "Pallid Middle Age" (1977) the omniscient narrator lets us see how Mr. Kwŏn, a factory handyman, attains the consciousness of a laborer through a series of events triggered by an incident in which a female assembly line worker loses an arm in the disturbance caused by her protest at being laid-off.

Thus, *The Man Who Was Left as Nine Pairs of Shoes* series is an effort to illustrate, by way of Mr. Kwŏn, the evolution of a petty bourgeois into a proletarian. It raises questions through its protagonist, an archetype who embodies South Korean society when industrialization was giving birth to the proletariat class, a new actor in society. Along with *The Dwarf* (1978) by Cho Se-hui, this series of short stories is regarded as a monumental work that placed the formation of the working class front and center in Korean fiction. However, the late 1970s, when these works were published, only saw the beginning of the historical process of the development of the working class; conditions for a comprehensive diagnosis and prognosis of a still-unfolding reality were not yet in place. That both *The Man Who Was Left as Nine Pairs of Shoes* and *The Dwarf* take the form of a series of related short stories may be explained by their socio-historical context. Thus, these pieces give shape and color to the symptoms of South Korea's social problems that will develop and intensify in the 1980s and beyond.

비평의 목소리

Critical Acclaim

윤흥길은 가족과 이웃과 직장과 사회 속에서 살아오면서 자신이 직접 체험한 자신의 이야기와 타인들로부터 간접적으로 포획해 들인 이야기를 소설의 중요한 출발점으로 삼고 있다. 그는 자신과 이웃의 구체적 체험을 소설 속의 특정한 부분을 완성하는 데 사용하거나 전체적인 구도를 확정하는 데 사용한다. 그렇기 때문에 그의 소설은 현실 자체는 아니지만 다른 사람들의 소설보다는 훨씬 강한 현실성을 지닌다. 그는 체험의 현실성과 작가적 상상력이란 두 가지를 언제나 짜임새 있게 조화시킨다. 그의 『아홉 켤레 구두로 남은 사내』 연작은 그러한 조화의 대표적 예에 속하는 작품들이다.

홍정선

Yun Heung-gil takes real-life stories—his own experiences of family, neighborhood, workplace, and society as well as anecdotal accounts gathered from others—for the essential starting point of his fiction. He uses his own specific experiences and those of his acquaintances to flesh out parts of his stories or to validate their overall framework. Thus, his fiction, though it may not be reality itself, comes across with an immediacy far more compelling than the fiction of others. He never fails to tastefully reconcile the concrete reality of life experience with his creative imagination. *The Man Who Was Left as Nine Pairs of Shoes* series includes some of his sto-

아홉 켤레의 구두를 불태워 버린 권 씨는 이제 삶을 지배하는 싸움의 현장에서 정직하게 승부하겠다는 결의를 드러낸다. 그가 교통사고로 입은 상해에 대한 보상으로 가해자의 회사가 제공한 일자리를, 회사 측의 음흉한 저의가 드러났음에도 불구하고 순순히 받아들이는 그에게는 어떠한 위선도 위악도 없이 삶의 절실한 필요에 따라 움직이는 리얼리스트의 냉혹함이 있다. 그리고 권 씨의 이러한 의식 변화는 생존을 위해 철저하게 싸우는 사람들이 현재의 사회에서 살고 있는 운명의 동질성에 대한 자각을 포함하는 방향으로 나아간다. 회사 측의 부당한 해고에 저항하다 재해를 입은 여공의 권리를 위해서 스스로 분투하는 동림산업 잡역부 권 씨의 행동은 그가 자신이 속한 사회집단의 현실을 자기 존재의 현실로 수락하기에 이르렀음을 보여준다. 결국, 『아홉 켤레 구두로 남은 사내』 연작이 윤흥길 소설의 연대기적 맥락 속에서 의미하는 것은 주변인적 개성이 자신의 고립된 세계를 박차고 나와 보다 넓은 사회와의 유대를 모색하는 과정의 드라마인 셈이다.

황종연

ries that best exemplify such integration.

Hong Jeong-sun

After burning his nine pairs of shoes, Mr. Kwŏn now shows his resolve to take his challenge directly to the site of the struggle where reality is determined. When he accepts without protest a company job offered to him as compensation for an injury he suffered in a car accident by the guilty party who happens to be the CEO, even after the company's sinister agenda is exposed, he reveals the cold instincts of a realist who obeys life's urgent needs without regard for good or evil. Mr. Kwŏn's consciousness evolves toward the realization that he shares the fate of those fighting an all-out war for survival in contemporary society. It becomes clear that Mr. Kwŏn has accepted as his own the reality to which his social group is subject, when, as a lowly handyman for the Tong-rim Manufacturing Company, he throws himself into the struggle for the rights of a female assembly-line worker who was injured while protesting unwarranted layoffs. In the end, *The Man Who Was Left as Nine Pairs of Shoes* series, evaluated in the chronological context of Yun Heung-gil's body of work, is a dramatization of a particular stage in the

"1977년은 소설가 윤흥길의 해였다." 1978년에 소설가 이문구가 한 말이다. 지금 돌이켜 보아도 그 말은 썩 유효하다. 그해에 윤흥길은 열 편의 단편을 썼고 장편 『묵시의 바다』를 쓰기 시작했으며 두 번째 소설집 『아홉 켤레의 구두로 남은 사내』를 펴냈던 것이다. 작가가 아니라 작품으로 보자면, 1977년은 『아홉 켤레의 구두로 남은 사내』 연작의 해였다. 『아홉 켤레의 구두로 남은 사내』 연작은 이듬해에 단행본으로 출간된 조세희의 『난장이가 쏘아올린 작은 공』 연작과 더불어 70년대 말의 한국문학에 크나큰 충격을 가한 기념비적 역작이다. 그것들은 70년대 문학의 한 정점이었고, 동시에 80년대 문학의 새로운 지평을 연 선구였으며, 나아가서는 80년대 내내 현재형으로 살아 움직였고 지금도 그 현재적 의미를 잃지 않고 있는 '살아 있는 고전'인 것이다.

성민엽

process by which an individual exiled on the periphery breaks out of his isolation and seeks to forge solidarity with the rest of society. Hwang Jong-yeon

"The Year 1977 belonged to Yun Heung-gil," declared Lee Moon-gu in 1978. That old observation proves to be quite effective even now. In 1977, Yun wrote 10 short stories, began the feature length *The Sea of Apocalypse*, and published *The Man Who Was Left as Nine Pairs of Shoes*, which was to be his second collection of related short stories. When it comes to these works, not the writer personally, the Year 1977 belonged to *The Man Who Was Left as Nine Pairs of Shoes* series.

The Dwarf series that Cho Se-hui put out as one volume the following year, were towering achievements that sent gigantic shock waves across South Korean literature in the late 70s. They represent the pinnacle of 70s literature, and furthermore they were the harbingers that opened new horizons for 80s literature, and consequently these active and relevant forces throughout the 80s, became 'living classics' which have not lost their significance even to this day. Sung Min-yeop

윤흥길

윤흥길은 1942년 전라북도 정읍에서 태어났다. 그는 아름다운 고향에서 자연의 신비와 마력에 눈떴으며, 토속과 순종 한국 어휘와 수사를 배웠다. 그러나 정읍에서의 행복했던 유년기는 오래가지 못했으며, 정직하나 가난했던 아버지 탓으로 그 후 그의 가족들은 매우 궁핍한 생활을 할 수밖에 없었다. 한국전쟁의 발발과 함께 윤흥길은 혹독한 가난 속에서 동생의 죽음이라는 충격적인 사건을 겪는다. 홍역을 앓고 있던 동생이 시체로 발견되었던 것이다. 뿐만 아니라 얼마 후에는 가족 소유의 집이 무허가 판잣집이라는 이유로 강제 철거당하는 것을 목격하게 된다. 이 같은 사건들을 겪으면서 그는 무작정 가출하여 한동안 사회의 밑바닥을 부랑하는 무리들 속에 휩쓸려 보내기도 한다. 이 체험은 후일 그의 작품의 중요한 원천이 된다.

사범학교에 진학하여 초등학교 교사라는 직업을 얻게 된 그는 벽지 근무를 자원하여 습작에 몰두했다. 일상의 권태와 무의미를 벗어나기 위한 거의 미칠 듯이 빠져든

Yun Heung-gil

Yun Heung-gil was born in Jeongup, Jeollabuk-do in 1942. Growing up in the beautiful countryside, he was awakened to the mystery and magic of nature and very quickly absorbed native Korean vocabulary and rhetoric. However, this happy childhood in Jeongup was short-lived, as his family had to cope with their poverty-stricken life due to his honest, but incompetent, father. During the Korean War, he experienced the death of his younger brother as well as severe poverty: His younger brother, who had been suffering from measles, was found dead. In addition, he witnessed the authorities demolished his family's house because it was an unauthorized building. He ran away from home and spent some time with vagrants. This experience later became a source for some of his stories.

After he graduated from a teacher's college, he volunteered to teach in a remote place, where he devoted himself to writing practice pieces. He desperately applied himself to creative writing in order to escape

창작에의 길이었다. 이러한 노력 끝에 1968년 윤흥길은 자전적인 이야기를 담은 단편소설로 등단을 하게 된다. 이후 원광대학교 국어국문학과를 졸업하고 사립학교에서 근무하게 되나, 경영 방침이 마음에 들지 않아 사직했다. 이때부터 또다시 지독한 가난과 고생이 시작되었다고 한다. 이처럼 오랜 무명 생활을 견뎌내고 윤흥길은 1976년 첫 소설집 『황혼의 집』을 낸다. 이듬해인 1977년은 그에게 뜻 깊은 해가 된다. 그는 이 년 남짓 근무했던 출판사를 그만두고 전업 작가를 선언하며 소설에만 전념하게 되는데, 그해 『아홉 켤레의 구두로 남은 사내』 연작을 포함한 총 열한 편의 중단편을 발표하고 첫 장편 『묵시의 바다』를 연재하게 된다. 이 작품들로 그는 70년대 소설계를 대표하는 작가의 한 사람으로 부상한다.

윤흥길은 1979년, 일본과의 개인적인 문학 교류가 결실을 맺어 일어판 소설집 『장마』를, 이듬해에는 『황혼의 집』을 출간한다. 또한 80년대에는 장편소설 『에미』, 『완장』을 출간했으며 1989년에는 일어판 전작 장편소설 『낫』을 출간했다.

from the boredom and meaninglessness of everyday life. Thanks to this hard effort, Yun made his literary debut with an autobiographical short story in 1968. Afterwards he graduated from the Department of Korean Language and Literature at Wonkwang University, and became a teacher at a private school, but resigned because he didn't like the school's educational philosophy. He again led a life of extreme poverty and hardship after his resignation. After a long period of obscurity, Yun published his first collection of short stories, *The Twilight House*, in 1976. The next year he resigned from a publishing company where he had worked about two years, in order to devote his life solely to writing. During this year, he published eleven short stories and novellas including *The Man Who Was Left as Nine Pairs of Shoes* series. It was also in 1977 that he began serializing his first novel *The Sea of Revelation*. With the publication of these works, he suddenly emerged as one of the major novelists of the 1970's.

Yun published two collections of his short stories in Japanese translation—*The Rainy Spell* in 1979 and *The Twilight House* in 1980. He also published three novels in Japanese translation—*Mother, Armband,* and *Sickle* in the 1980's.

번역 및 감수 **브루스 풀턴, 주찬 풀턴**

Translated by Bruce and Ju-Chan Fulton

브루스 풀턴, 주찬 풀턴은 함께 한국문학 작품을 다수 영역해서 영미권에 소개하고 있다. 『별사-한국 여성 소설가 단편집』 『순례자의 노래-한국 여성의 새로운 글쓰기』 『유형의 땅』(공역, Marshall R. Pihl)을 번역하였다. 가장 최근 번역한 작품으로는 오정희의 소설집 『불의 강 외 단편소설 선집』, 조정래의 장편소설 『오 하느님』이 있다. 브루스 풀턴은 『레디메이드 인생』(공역, 김종운), 『현대 한국 소설 선집』(공편, 권영민), 『촛농 날개-악타 코리아나 한국 단편 선집』 외 다수의 작품의 번역과 편집을 담당했다. 브루스 풀턴은 서울대학교 국어국문학과에서 박사 학위를 받고 캐나다의 브리티시컬럼비아 대학 민영빈 한국문학 기금 교수로 재직하고 있다. 다수의 번역문학기금과 번역문학상 등을 수상한 바 있다.

Bruce and Ju-Chan Fulton are the translators of numerous volumes of modern Korean fiction, including the award-winning women's anthologies ***Words of Farewell: Stories by Korean Women Writers (Seal Press, 1989)*** and ***Wayfarer: New Writing by Korean Women*** (Women in Translation, 1997), and, with Marshall R. Pihl, ***Land of Exile: Contemporary Korean Fiction***, rev. and exp. ed. (M.E. Sharpe, 2007). Their most recent translations are ***River of Fire*** and ***Other Stories*** by O Chŏng-hŭi (Columbia University Press, 2012), and ***How in Heaven's Name: A Novel of World War II*** by Cho Chŏng-nae (MerwinAsia, 2012). Bruce Fulton is co-translator (with Kim Chong-un) of ***A Ready-Made Life: Early Masters of Modern Korean Fiction*** (University of Hawai'i Press, 1998), co-editor (with Kwon Young-min) of ***Modern Korean Fiction: An Anthology*** (Columbia University Press, 2005), and editor of ***Waxen Wings: The*** Acta Koreana ***Anthology of Short Fiction From Korea*** (Koryo Press, 2011). The Fultons have received several awards and fellowships for their translations, including a National Endowment for the Arts Translation Fellowship, the first ever given for a translation from the Korean, and a residency at the Banff International Literary Translation Centre, the first ever awarded for translators from any Asian language. Bruce Fulton is the inaugural holder of the Young-Bin Min Chair in Korean Literature and Literary Translation, Department of Asian Studies, University of British Columbia.

바이링궐 에디션 한국 대표 소설 008
아홉 켤레의 구두로 남은 사내

2012년 7월 25일 초판 1쇄 발행
2016년 7월 11일 초판 3쇄 발행

지은이 윤흥길 | **옮긴이** 브루스 풀턴, 주찬 풀턴 | **펴낸이** 김재범
감수 브루스 풀턴 | **기획** 전성태, 정은경, 이경재
편집 김형욱, 윤단비 | **관리** 강초민 | **디자인** 이춘희
인쇄·제본 AP프린팅 | **종이** 한솔PNS
펴낸곳 (주)아시아 | **출판등록** 2006년 1월 27일 제406-2006-000004호
주소 경기도 파주시 회동길 445(서울 사무소: 서울특별시 동작구 서달로 161-1 3층)
전화 02.821.5055 | **팩스** 02.821.5057 | **홈페이지** www.bookasia.org
ISBN 978-89-94006-20-8 (set) | 978-94-94006-28-4 (04810)
값은 뒤표지에 있습니다.

Bi-lingual Edition Modern Korean Literature 008
The Man Who Was Left as Nine Pairs of Shoes

Written by Yun Heung-gil I **Translated by** Bruce and Ju-Chan Fulton
Published by Asia Publishers | 445, heodong-gil, Paju-si, Gyeongg -do, Korea
(Seoul Office: 161-1, Seodal-ro, Dongjak-gu, Seoul, Korea)
Homepage Address www.bookasia.org I **Tel**. (822).821.5055 I **Fax**. (822).821.5057
First published in Korea by Asia Publishers 2012
ISBN 978-89-94006-20-8 (set) | 978-94-94006-28-4 (04810)

바이링궐 에디션 한국 대표 소설

한국문학의 가장 중요하고 첨예한 문제의식을 가진 작가들의 대표작을 주제별로 선정!
하버드 한국학 연구원 및 세계 각국의 한국문학 전문 번역진이 참여한 번역 시리즈!
미국 하버드대학교와 컬럼비아대학교 동아시아학과, 캐나다 브리티시컬럼비아대학교 아시아학과 등 해외 대학에서 교재로 채택!

바이링궐 에디션 한국 대표 소설 set 1

분단 Division

01 병신과 머저리-**이청준** The Wounded-**Yi Cheong-jun**
02 어둠의 혼-**김원일** Soul of Darkness-**Kim Won-il**
03 순이삼촌-**현기영** Sun-i Samch'on-**Hyun Ki-young**
04 엄마의 말뚝 1-**박완서** Mother's Stake I-**Park Wan-suh**
05 유형의 땅-**조정래** The Land of the Banished-**Jo Jung-rae**

산업화 Industrialization

06 무진기행-**김승옥** Record of a Journey to Mujin-**Kim Seung-ok**
07 삼포 가는 길-**황석영** The Road to Sampo-**Hwang Sok-yong**
08 아홉 켤레의 구두로 남은 사내-**윤흥길** The Man Who Was Left as Nine Pairs of Shoes-**Yun Heung-gil**
09 돌아온 우리의 친구-**신상웅** Our Friend's Homecoming-**Shin Sang-ung**
10 원미동 시인-**양귀자** The Poet of Wŏnmi-dong-**Yang Kwi-ja**

여성 Women

11 중국인 거리-**오정희** Chinatown-**Oh Jung-hee**
12 풍금이 있던 자리-**신경숙** The Place Where the Harmonium Was-**Shin Kyung-sook**
13 하나코는 없다-**최윤** The Last of Hanak'o-**Ch'oe Yun**
14 인간에 대한 예의-**공지영** Human Decency-**Gong Ji-young**
15 빈처-**은희경** Poor Man's Wife-**Eun Hee-kyung**

바이링궐 에디션 한국 대표 소설 set 2

자유 Liberty

16 필론의 돼지-**이문열** Pilon's Pig-**Yi Mun-yol**
17 슬로우 불릿-**이대환** Slow Bullet-**Lee Dae-hwan**
18 직선과 독가스-**임철우** Straight Lines and Poison Gas-**Lim Chul-woo**
19 깃발-**홍희담** The Flag-**Hong Hee-dam**
20 새벽 출정-**방현석** Off to Battle at Dawn-**Bang Hyeon-seok**

사랑과 연애 Love and Love Affairs

21 별을 사랑하는 마음으로-**윤후명** With the Love for the Stars-**Yun Hu-myong**
22 목련공원-**이승우** Magnolia Park-**Lee Seung-u**
23 칼에 찔린 자국-**김인숙** Stab-**Kim In-suk**
24 회복하는 인간-**한강** Convalescence-**Han Kang**
25 트렁크-**정이현** In the Trunk-**Jeong Yi-hyun**

남과 북 South and North

26 판문점-**이호철** Panmunjom-**Yi Ho-chol**
27 수난 이대-**하근찬** The Suffering of Two Generations-**Ha Geun-chan**
28 분지-**남정현** Land of Excrement-**Nam Jung-hyun**
29 봄 실상사-**정도상** Spring at Silsangsa Temple-**Jeong Do-sang**
30 은행나무 사랑-**김하기** Gingko Love-**Kim Ha-kee**

바이링궐 에디션 한국 대표 소설 set 3

서울 Seoul

31 눈사람 속의 검은 항아리-**김소진** The Dark Jar within the Snowman-**Kim So-jin**
32 오후, 가로지르다-**하성란** Traversing Afternoon-**Ha Seong-nan**
33 나는 봉천동에 산다-**조경란** I Live in Bongcheon-dong-**Jo Kyung-ran**
34 그렇습니까? 기린입니다-**박민규** Is That So? I'm A Giraffe-**Park Min-gyu**
35 성탄특선-**김애란** Christmas Specials-**Kim Ae-ran**

전통 Tradition

36 무자년의 가을 사흘-**서정인** Three Days of Autumn, 1948-**Su Jung-in**
37 유자소전-**이문구** A Brief Biography of Yuja-**Yi Mun-gu**
38 향기로운 우물 이야기-**박범신** The Fragrant Well-**Park Bum-shin**
39 월행-**송기원** A Journey under the Moonlight-**Song Ki-won**
40 협죽도 그늘 아래-**성석제** In the Shade of the Oleander-**Song Sok-ze**

아방가르드 Avant-garde

41 아겔다마-**박상룡** Akeldama-**Park Sang-ryoong**
42 내 영혼의 우물-**최인석** A Well in My Soul-**Choi In-seok**
43 당신에 대해서-**이인성** On You-**Yi In-seong**
44 회색 時-**배수아** Time In Gray-**Bae Su-ah**
45 브라운 부인-**정영문** Mrs. Brown-**Jung Young-moon**

바이링궐 에디션 한국 대표 소설 set 4

디아스포라 Diaspora

46 속옷-**김남일** Underwear-**Kim Nam-il**
47 상하이에 두고 온 사람들-**공선옥** People I Left in Shanghai-**Gong Sun-ok**
48 모두에게 복된 새해-**김연수** Happy New Year to Everyone-**Kim Yeon-su**
49 코끼리-**김재영** The Elephant-**Kim Jae-young**
50 먼지별-**이경** Dust Star-**Lee Kyung**

가족 Family

51 혜자의 눈꽃-**천승세** Hye-ja's Snow-Flowers-**Chun Seung-sei**
52 아베의 가족-**전상국** Ahbe's Family-**Jeon Sang-guk**
53 문 앞에서-**이동하** Outside the Door-**Lee Dong-ha**
54 그리고, 축제-**이혜경** And Then the Festival-**Lee Hye-kyung**
55 봄밤-**권여선** Spring Night-**Kwon Yeo-sun**

유머 Humor

56 오늘의 운세-**한창훈** Today's Fortune-**Han Chang-hoon**
57 새-**전성태** Bird-**Jeon Sung-tae**
58 밀수록 다시 가까워지는-**이기호** So Far, and Yet So Near-**Lee Ki-ho**
59 유리방패-**김중혁** The Glass Shield-**Kim Jung-hyuk**
60 전당포를 찾아서-**김종광** The Pawnshop Chase-**Kim Chong-kwang**

바이링궐 에디션 한국 대표 소설 set 5

관계 Relationship

61 도둑견습 - **김주영** Robbery Training-**Kim Joo-young**
62 사랑하라, 희망 없이 - **윤영수** Love, Hopelessly-**Yun Young-su**
63 봄날 오후, 과부 셋 - **정지아** Spring Afternoon, Three Widows-**Jeong Ji-a**
64 유턴 지점에 보물지도를 묻다 - **윤성희** Burying a Treasure Map at the U-turn-**Yoon Sung-hee**
65 쁘이거나 쯔이거나 - **백가흠** Puy, Thuy, Whatever-**Paik Ga-huim**

일상의 발견 Discovering Everyday Life

66 나는 음식이다 - **오수연** I Am Food-**Oh Soo-yeon**
67 트럭 - **강영숙** Truck-**Kang Young-sook**
68 통조림 공장 - **편혜영** The Canning Factory-**Pyun Hye-young**
69 꽃 - **부희령** Flowers-**Pu Hee-ryoung**
70 피의일요일 - **윤이형** Bloody Sunday-**Yun I-hyeong**

금기와 욕망 Taboo and Desire

71 북소리 - **송영** Drumbeat-**Song Yong**
72 발칸의 장미를 내게 주었네 - **정미경** He Gave Me Roses of the Balkans-**Jung Mi-kyung**
73 아무도 돌아오지 않는 밤 - **김숨** The Night Nobody Returns Home-**Kim Soom**
74 젓가락여자 - **천운영** Chopstick Woman-**Cheon Un-yeong**
75 아직 일어나지 않은 일 - **김미월** What Has Yet to Happen-**Kim Mi-wol**

바이링궐 에디션 한국 대표 소설 set 6

운명 Fate

76 언니를 놓치다 - **이경자** Losing a Sister-**Lee Kyung-ja**
77 아들 - **윤정모** Father and Son-**Yoon Jung-mo**
78 명두 - **구효서** Relics-**Ku Hyo-seo**
79 모독 - **조세희** Insult-**Cho Se-hui**
80 화요일의 강 - **손홍규** Tuesday River-**Son Hong-gyu**

미의 사제들 Aesthetic Priests

81 고수 - **이외수** Grand Master-**Lee Oisoo**
82 말을 찾아서 - **이순원** Looking for a Horse-**Lee Soon-won**
83 상춘곡 - **윤대녕** Song of Everlasting Spring-**Youn Dae-nyeong**
84 삭매와 자미 - **김별아** Sakmae and Jami-**Kim Byeol-ah**
85 저만치 혼자서 - **김훈** Alone Over There-**Kim Hoon**

식민지의 벌거벗은 자들 The Naked in the Colony

86 감자 - **김동인** Potatoes-**Kim Tong-in**
87 운수 좋은 날 - **현진건** A Lucky Day-**Hyŏn Chin'gŏn**
88 탈출기 - **최서해** Escape-**Ch'oe So-hae**
89 과도기 - **한설야** Transition-**Han Seol-ya**
90 지하촌 - **강경애** The Underground Village-**Kang Kyŏng-ae**

바이링궐 에디션 한국 대표 소설 set 7

백치가 된 식민지 지식인 Colonial Intellectuals Turned "Idiots"

91 날개 - **이상** Wings-**Yi Sang**
92 김 강사와 T 교수 - **유진오** Lecturer Kim and Professor T-**Chin-O Yu**
93 소설가 구보씨의 일일 - **박태원** A Day in the Life of Kubo the Novelist-**Pak Taewon**
94 비 오는 길 - **최명익** Walking in the Rain-**Ch'oe Myŏngik**
95 빛 속에 - **김사량** Into the Light-**Kim Sa-ryang**

한국의 잃어버린 얼굴 Traditional Korea's Lost Faces

96 봄·봄 – **김유정** Spring, Spring-**Kim Yu-jeong**
97 벙어리 삼룡이 – **나도향** Samnyong the Mute-**Na Tohyang**
98 달밤 – **이태준** An Idiot's Delight-**Yi T'ae-jun**
99 사랑손님과 어머니 – **주요섭** Mama and the Boarder-**Chu Yo-sup**
100 갯마을 – **오영수** Seaside Village-**Oh Yeongsu**

해방 전후(前後) Before and After Liberation

101 소망 – **채만식** Juvesenility-**Ch'ae Man-Sik**
102 두 파산 – **염상섭** Two Bankruptcies-**Yom Sang-Seop**
103 풀잎 – **이효석** Leaves of Grass-**Lee Hyo-seok**
104 맥 – **김남천** Barley-**Kim Namch'on**
105 꺼삐딴 리 – **전광용** Kapitan Ri-**Chŏn Kwangyong**

전후(戰後) Korea After the Korean War

106 소나기 – **황순원** The Cloudburst-**Hwang Sun-Won**
107 등신불 – **김동리** Tŭngsin-bul-**Kim Tong-ni**
108 요한 시집 – **장용학** The Poetry of John-**Chang Yong-hak**
109 비 오는 날 – **손창섭** Rainy Days-**Son Chang-sop**
110 오발탄 – **이범선** A Stray Bullet-**Lee Beomseon**